Piet Weber

Ohne Dich ist manchmal ganz gut.

Piet Weber
Ohne Dich ist manchmal ganz gut.

Geschichten

Piet Weber

wurde an einem Sonntag im November 1986 in Berlin geboren, was zu einem großen »Hurra« führte. Er absolvierte Kindheit und Schulzeit ohne größere Zwischenfälle und studierte danach irgendwas mit Medien und Journalismus.

Seit 2014 reist er als Poetry-Slammer und Lesebühnenautor durch den deutschsprachigen Raum und ist gelegentlich als Moderator verschiedener Veranstaltungen tätig. Im Jahr 2015 wurde er Vizemeister der Berlin-Brandenburg-Meisterschaft im Poetry Slam; 2016 war er Halbfinalist der deutschsprachigen Meisterschaften. Piet Weber ist zudem Gründungsmitglied der Berliner Lesebühne »Zentralkomitee Deluxe«.

www.pietweber.de

1. Auflage März 2018

© Satyr Verlag Volker Surmann, Berlin 2018
www.satyr-verlag.de

Cover: Karsten Lampe
Autorenfoto: Afra Bauer
Korrektorat: Jan Freunscht
Audioaufnahmen: Vredeber Albrecht (www.audiofenster.de)
Druck und Bindung: CPI Books, Clausen & Bosse, Leck
Printed in Germany

Die Deutsche Nationalbibliothek verzeichnet diese Publikation in der Deutschen Nationalbibliografie; detaillierte bibliografische Daten sind im Internet abrufbar über: http://dnb.d-nb.de

Die Marke »Satyr Verlag« ist eingetragen auf den Verlagsgründer Peter Maassen.

ISBN: 978-3-947106-04-2

Inhalt

Der Spieleabend

»Mau!«, rief ich zum ersten Mal an diesem Abend, stolz, endlich die Regeln dieses komplexen Kartenspiels begriffen zu haben.

Mein sechsjähriger Neffe guckte mich irritiert an. Auch meine Mutter schien verwirrt: »Wir haben vor einer Stunde aufgehört, Mau-Mau zu spielen«, erklärte sie. »Seitdem spielen wir Monopoly. Und da ruft man nicht ›Mau‹, wenn man nur noch einen Geldschein hat.«

Ich guckte auf den Berg voller Scheine, den mein Neffe angehäuft hatte, und entschied mich dazu, Monopoly doof zu finden.

Während ich bei Mau-Mau noch daran scheiterte, dem tückischen Verwirrspiel um Farben und Zahlen Herr zu werden, waren es bei Monopoly meine beiden Feinde Würfelglück und Verhandlungsgeschick, die dafür sorgten, dass ich erneut ins Hintertreffen geriet.

Gleich zu Beginn hatte ich eine Eins gewürfelt und mit der Errichtung eines sozialen Wohnungsbaus in der Badstraße mein städtebauliches Highlight sehr früh im Spiel gesetzt. Auf der anderen Seite hatte mein Neffe relativ skrupellos alles aufgekauft, was ihm unter den Zylinderhut seiner Spielfigur kam. Nicht nur der Prachtboulevard um Parkstraße und Schlossallee war nach wenigen Minuten Spielzeit in seinen Besitz übergegangen, sondern auch Elektrizitäts- und Wasserwerk hatte er umgehend privatisiert, um daraus Kapital zu schlagen.

Meine Mutter hingegen begnügte sich damit, mit dem 1930er-Roadster-Auto Runde um Runde auf dem Feld zu drehen, um sich in Ruhe die Sehenswürdigkeiten des Spielbretts anzuschauen. Die Poststraße, direkt am Gefängnis, tolle Gegend. Und die Bahnhofsstraße gehört ja in jedem Ort zu den ästhetischen Höhepunkten eines Stadtbildes.

Wenn sie auf der Schlossallee zum Stehen kam, freute sie sich, ihren Enkel besuchen zu können, der natürlich keine Miete von seiner Großmutter verlangte. Aber als gute Oma hat sie ihm trotzdem immer ein paar Scheine zugesteckt.

Anders entschied er sich, wenn sein Onkel Piet auf die Schlossallee mit ihren vier Häusern einbog. 1.700 Euro Miete musste ich zahlen. Ich versuchte, zu verhandeln und Mietminderung geltend zu machen, was beim Vermieter auf taube Ohren stieß. Auch das Argument, dass direkt ums Eck in der Badstraße ein sozialer Wohnungsbau die Wohnqualität in seinen Immobilien senken würde, hat meinen Neffen nicht überzeugt: »Das sind doch deine Wohnungen!«, stellte er fest. »Ja. Deswegen weiß ich ja, was da für Leute wohnen. Kriminelle, Studenten und andere Störenfriede. Da haste nur Ärger mit. Und das ist gerade mal zwei Spielfelder entfernt.«

Das Problem hat sich aber recht schnell von selbst gelöst. Mein Neffe nutzte meine zunehmende Geldknappheit aus, kaufte mir die Badstraße bei nächster Gelegenheit ab und

wandelte die Wohnungen in ein Luxushotel um. Diese scham-
lose Gentrifizierung hielt mich immerhin noch für weitere
fünf Minuten im Spiel. Aber dann würfelte ich meinen Fin-
gerhut mit einer Sechs auf das Wasserwerk und musste unter lautstarkem Protest (»Wasser ist ein Grundrecht!«) 240
Euro in den gierigen Rachen eines Erstklässlers werfen.

Es war schon deprimierend, derart krachend gegen jemanden zu verlieren, der sich erst seit zwei Wochen selbst
die Schuhe zubinden konnte. Und das auch nur, wenn er
dabei »Hasenohr, Hasenohr, einmal rum und dann durchs
Tor« vor sich her murmelte. Aber seinen Onkel in die In-
solvenz treiben, das konnte der Racker hervorragend. Das
scheint man heute in den ersten Wochen Schulzeit zu lernen. Während wir noch in der Fibel Buchstaben ausgemalt
haben, erstellen die Kinder heute Businesspläne, um in der
dritten Klasse ihr erstes Start-up-Unternehmen gründen zu
können. Man kann ja nicht früh genug seine erste App auf
den Markt bringen. Pausenhof-Tinder. Die App, die Schüler
und Käsestulle zusammenbringt.

Dabei sollen Kinder doch rennen, lachen, spielen und
nach Möglichkeit hinfallen. Und dabei von jemandem ge-
filmt werden, der das bei YouTube hochlädt. Da sehe ich
Kinder. Auf dem Boden. In Pfützen. Weil sie lustig gestol-
pert sind. Und nicht, wie sie sich triumphierend mit Mono-
poly-Geldscheinen Luft zuwedeln, weil sie ihren Onkel bei
einem Brettspiel vernichtend geschlagen haben.

»Onkel Piet, erzählst du mir gleich noch eine Gutenachtge-
schichte?«, fragte mich mein Neffe, nachdem wir das Spiel
weggepackt hatten.

»Ja, kann ich schon machen.«

»Aber nicht wieder die vom Kettensägenmörder.«

Irgendwie mag er die von mir geschriebenen Kinderge-schichten nicht. Dabei hatte ich das Ende extra offen ge-halten. Der Kettensägenmörder war in der nebligen Nacht untergetaucht und bereit, jederzeit zurückzukehren.

Aber Neugierde, ob der große Mann mit der langen Nar-be unter der leeren Augenhöhle seine Opfer im zweiten Teil noch grausamer zerstückelt und erneut entkommen kann? Bei meinem Neffen Fehlanzeige. Er wollte sich lieber drei Stichwörter ausdenken, aus denen ich ihm eine Geschichte basteln sollte. Und er entschied sich für: Goldi den Gold-fisch, den Weltraum und Herrn Schmidt, den netten Nach-barn, der immer so freundlich grüßt, wenn mein Neffe von der Schule nach Hause kommt.

Nachdem er sich zugedeckt hatte, fing ich an, die Ge-schichte zu erzählen:

»Herr Schmidt wohnte nicht immer mit seinem Gold-fisch Goldi in dieser Gegend. Er wohnte auch nicht im Weltraum. Herr Schmidt wohnte früher in der Badstraße. Doch dann kaufte ein Immobilienhai dort alles auf und machte daraus ein Hotel. Das hat Herrn Schmidt sehr wü-tend gemacht. Also nahm er seine Kettensäge und fing an, Menschen zu töten. Heute versteckt er sich häufig unter Kinderbetten. Gute Nacht!«

Ein altes, finnisches Sprichwort sagt ja: Glück im Spiel, Pech beim Einschlafen.

Berlin, das »J«
steht für Freundlichkeit

Alexanderplatz. Es schien ein ganz normaler Tag zu sein. Alles wie immer, dachte ich.

An der Weltzeituhr trafen sich Menschen und bewunderten diese ausgefuchste, aber sehr hässliche DDR-Ingenieurskunst. Andere Menschen hetzten von der Tram zur S-Bahn, obwohl die S-Bahn natürlich gar nicht fuhr. Berlin liegt schließlich fast auf einem Breitengrad mit Nowosibirsk. Und wenn es in Nowosibirsk kalt wird, fahren in Berlin keine S-Bahnen mehr. Für uns Berliner ist das mittlerweile sehr logisch geworden. Zumindest logischer als die Erklärung, dass jedes Jahr die Türen der Waggons zufrieren und die Heizung ausfällt, wenn das Thermometer die Zehn-Grad-Marke unterschreitet.

Ich beobachtete, wie zwei Kinder miteinander stritten. Das etwas größere trat auf den Fuß des etwas kleineren, das laut aufjaulte, dem größeren mit der Faust ins Gesicht schlug und ein Messer zog.

Doch dann passierte etwas, was für Berlin außergewöhnlich ist: Die Eltern der beiden Kinder störten sich an dem rabiaten Verhalten ihrer Sprösslinge und hielten sie davon ab, noch weiter auszurasten.

»Was ist denn jetzt los?«, dachte ich. »Das grenzt ja schon fast an Erziehung! Wir sind hier doch nicht in München.«

Nach einer kurzen Phase der Irritation sah ich in der Hand des Vaters einen Reiseführer. Eine Touristenfamilie also. Und Vati sah so aus, als sei er nur nach Berlin gekommen, um die hervorragenden Erzeugnisse der Brauereikunst zu verköstigen, für die diese Stadt ja weltweit bekannt ist: Berliner Pilsner, Kindl und Schultheiss. Das Drei-Gänge-Menü für Genießer.

Offenbar hatte ich ein wenig zu lang auf die Familie gestarrt, denn nachdem sie ihren jüngsten Sohn entwaffnet hatte, kam sie auf mich zu und wollte mich bestimmt irgendwas Dämliches fragen. So doofe Touristenfragen halt, die eigentlich total legitim sind. Aber in dem Reiseführer des Vaters stand mit Sicherheit, dass die Berliner schroff und unfreundlich seien. Und da er Berlin gebucht hatte, sollte er Berlin so bekommen, wie es in seinem Büchlein stand.

Noch bevor er seine Frage stellen konnte, spuckte ich also auf seinen Reiseführer und erklärte:

»Wat steht da vorne druff, Freundchen? Wat steht da? BERLIN steht da. Und dit ›J‹ steht für Freundlichkeit!«

Die ganze Familie schaute mich irritiert an. Hatten mich wohl nicht verstanden. Also erklärte ich es noch einmal auf Englisch: »BERLIN. Hier. The ›J‹ stands for friendlykeit!« Gar nicht erst den Eindruck erwecken, als könnte der Berliner an sich Englisch. Sonst steigen die später mit viel zu hohen Erwartungen in einen Linienbus der BVG. Aber so ein Busfahrer hat ja schon auf Deutsch einen begrenzten Wortschatz. Mehr als »Weeß ick doch nich!« und »Machen Se mal die mittlere Tür frei!« kommt da meist nicht.

Wenn man ihm dann auch noch mit Englisch kommt, schmeißt er Kleingeld nach einem.

Ich blickte immer noch in leere Touristenaugen und versuchte es dann mit Französisch. Wir Berliner sind halt Kosmopoliten und in jeder Sprache zu Hause:

»BERLIN. Et voilà, baguette, fromage, Arthur est un perroquet, oui, oui.«

»Aber isch wollt doch eigentlisch nur mal frogen, ob Se nisch vielleischt 'n Foto von üns vor der Weltzeitühr mochen gönnten«, fand der Vater endlich seine Worte wieder.

Hätte er bleiben lassen sollen.

Ich mag ja schon die normalen Touristen nicht, die diese Stadt am Ende ihrer Reise immer besser kennen als ich, der hier geboren wurde. Total unsympathisch.

Außerdem merken die gar nicht, was sie anrichten. Von dem Geld, das die in die Stadt bringen, werden U-Bahnhöfe repariert. Und der Tourist ist ja längst wieder weg, wenn die BVG dann ganze Streckenabschnitte für ein Jahr sperrt.

Wenn Touristen nicht wären, hätten wir gar kein Geld, um irgendwas zu sperren und zu reparieren. Außerdem mögen wir Berliner, wenn etwas kaputt ist: die Gedächtniskirche oder das Tacheles zum Beispiel. Oder Marzahn. Am Hermannplatz sind sogar die Menschen kaputt, ist doch prima.

Noch schlimmer als die normalen Touristen sind aber diese Provinztouristen, die jeden H&M und jedes Berliner Einkaufszentrum besuchen müssen, zwischendurch Pseudokulturprogramm aus dem Reiseführer einschieben und Beweisfotos für die Verwandten in der Heimat machen.

Damit sie dann zu Hause erzählen können: »Mensch,

Rita, du kannst dir nisch vorstellen, wie verrückt dis mit dieser Uhr da war? Am Alex war noch nisch mal Mittag ünd in Peking schon 16 Uhr. Also so was hab isch noch nisch gesehn.«

Ich fahre auch nicht ins sächsische Döbeln, um da ein Foto von mir und dem Schützenkönig machen zu lassen, bloß weil es so etwas in Berlin nicht gibt.

Wenn es in Berlin einen Schützenkönig gäbe, wäre ich das. Und ich würde auf dem Alexanderplatz auf Touristen schießen.

All das dachte ich so vor mich hin. Dann sagte ich es laut, damit die Familie endlich abhaute.

Nun sah ich nur noch einen Obdachlosen, der in den Brunnen pinkelte und dabei alte Arbeiterlieder grölte, jugendliche Halbstarke, die Centstücke auf die Straßen-bahnschienen legten, in der Hoffnung, die Trams würden entgleisen, und eine alte Frau, die rotzevoll über den Platz wackelte und ihre Kindl-Flasche gegen eine Hauswand warf.

Ja, Berliner Bier schmeckt nach alter Tennissocke, und deswegen schmeißen wir das frustriert durch die Gegend.

Aber es soll bloß kein Tourist vorbeikommen und die Scherben wegkehren. Wir mögen kaputt. Und solange ich auf einem durch Baumwurzeln zerstörten Radweg über Glasscherben fahre, weiß ich, dass ich zu Hause bin.

Spaß in der Kunstausstellung – ein kontradiktorisches Date

»Komm, lass uns in eine Kunstausstellung gehen«, hat sie gesagt. »Das wird bestimmt total schön«, hat sie gesagt. »Wir werden viel Spaß haben«, hat sie gesagt.

Ich weiß nicht, wie sie »Spaß« definiert. Als Kind hatte ich großen Spaß, wenn ich im Bälleparadies von IKEA anderen Kindern abwechselnd gelbe, rote, blaue und grüne Plastikbälle an den Kopf geworfen habe. Heute habe ich großen Spaß, wenn ich im Bälleparadies von IKEA anderen Kindern abwechselnd gelbe, rote, blaue und grüne Plastikbälle an den Kopf werfe. Es gibt nun einmal Dinge, die man als Erwachsener genauso lustig findet wie als Kind. Genauso gibt es Dinge, die man als Erwachsener genauso langweilig findet. Und Kunstausstellungen gehören für mich eindeutig dazu.

Deswegen war mir schon vorher klar, dass es eine doofe Idee sein würde, beim ersten Date in ein Museum zu gehen, wo ich doch mal so gar keine Ahnung von Malerei und dem ganzen Kunstgedöns habe. Ich kann ja nicht einmal meine Raufasertapete gleichmäßig weiß streichen.

Aber sie wollte nicht einfach in einem Café sitzen, sondern unbedingt richtig etwas unternehmen. Deswegen laufen wir jetzt durch diese Ausstellung, und sie schwärmt von all den Dingen, die es hier gibt: »Schau, ist das nicht ein expressionistisches Meisterwerk? Im nächsten Gang kommen noch tolle Bilder aus dem Klassizismus, spätes 18. Jahrhundert. Sogar von einigen französischen Künstlern sind dort Gemälde ausgestellt.«

Nachdem sie das mit der Ausstellung ins Spiel gebracht hatte, machte ich ihr den Gegenvorschlag, dass wir uns auch in dem Edeka bei mir um die Ecke treffen könnten. Da hätte ich mich wenigstens ausgekannt und könnte jetzt so kluge Dinge sagen wie: »Schau, das ist doch mal frische Vollmilch mit 3,5 Prozent Fett. Im nächsten Gang kommen noch tolle Tiefkühlprodukte. An der Theke wird sogar französischer Butterkäse aus der Bretagne ausgestellt.« Mensch, hätte ich mich gebildet gefühlt. Allein weil ich die Worte »französisch«, »Butterkäse« und »Bretagne« in einem Satz untergebracht hätte.

Es ist schon erstaunlich, dass das kultureller klingt als »deutsch«, »Sauerbraten« und »Baden-Württemberg«. Und im Edeka hätte ich noch mehr Produkte erwähnen können, die mich in einem schlauen Licht hätten dastehen lassen: Baguette, Wein, stilles Wasser, Artischocken und Frischhaltefolie zum Beispiel.

»Frischhaltefolie« hätte ich nur erwähnt, um damit zu prahlen, wie gut ich sie abreißen kann, ohne dass sie sich in sich selbst verklebt und unbrauchbar wird. Wären wir in den Edeka gegangen, hätte ich nicht nur sehr clever, sondern auch außerordentlich geschickt gewirkt.

Aber stattdessen laufen wir durch diese Gemäldeausstellung, und ich offenbare meine Dummheit, weil ich nicht wie sie »Ultramarin mit einer Nuance Quitte als Symbolik« sage, sondern »Grün mit weißen Figuren und Formen drauf«.

»Ultramarin ist ein Blau- und Quitte ein Gelbton«, schimpft sie genervt. »Da gibt es kein Grün oder Weiß.«

»Du bist sehr klug«, sage ich, schiebe sie sanft in den nächsten Raum und verrate nicht, dass ich das Notausgangsschild für einen Teil der Ausstellung gehalten habe.

Im nächsten Raum stehen Statuen und Büsten. Unter anderem die Statue eines nackten Mannes. Ich fange an zu kichern, weil man seinen Penis sieht.

Man sollte meinen, dass ich viel zu alt bin, um über die bloße Zurschaustellung oder Erwähnung eines Penis zu kichern. Und das stimmt vielleicht auch. Aber es macht mich zu einem glücklicheren Menschen, weil ich morgens beim Duschen zumindest kurz schmunzeln muss, wenn ich an mir herabblicke und denke: »Hihi, Penis.« Oder halt »Hoho, Penis«, wenn ich mal nicht mit kaltem Wasser dusche.

Doch ich gebe zu, dass es wirklich komplett unreif ist, in einer Kunstausstellung vor dieser Statue zu stehen und »Brrr, brrr, brrr« zu machen.

Aber die Alternative wäre gewesen, als Schweinchen Schlau aufzutreten und zu sagen: »Sieh an, sieh an! Eine Statue aus Sedimentgestein gehauen. Die Abbildung dieses heroisch blickenden Mannes erinnert mich an Aladin, der mit seinen Elefanten über die Alpen zog, um den Shogun von Kyoto in der epischen Schlacht um Verdun in die Flucht zu schlagen.«

Mensch, hätte ich mich gebildet gefühlt. Allein weil ich

mich am Kinn gekratzt und dabei die Worte »Shogun«, »Kyoto« und »Verdun« benutzt hätte. Wenn auch in einem völlig wirren Zusammenhang. Es hätte klug geklungen. Aber was hätte im Vergleich zu »Brrr, brrr, brrr« nicht klug geklungen? Ich habe die Messlatte damit schon sehr niedrig gesetzt, um im nächsten Raum nur noch positiv überraschen zu können. Man möchte bei so einem ersten Date ja nicht wie ein kompletter Volltrottel wirken.

Der nächste Raum ist der Höhepunkt der Ausstellung. Die Wände sind komplett verspiegelt. Man sieht sich im Spiegel, wie man sich im Spiegel sieht, wie man sich im Spiegel sieht, wie man sich im Spiegel sieht. Ich bin komplett beeindruckt von der unendlichfachen Spiegelung meiner selbst und mache merkwürdige Bewegungen und Grimassen.

Das Vorhaben, nicht wie ein kompletter Volltrottel zu wirken, habe ich gerade eben zu den Akten gelegt und begonnen, mit meinen Spiegelzwillingen den Macarena-Tanz zu tanzen, woraufhin meine Begleitung mit ihren unendlichfachen Augenpaaren rollend den Raum verließ.

Wir hätten beim ersten Date halt doch einfach in ein Café gehen sollen. Das wäre mit Sicherheit nicht derart eskaliert. Oder in den Edeka bei mir um die Ecke. Dort hätte ich sie beeindruckt. Mit Bergkäse und Bretagne. Mit Frischhaltefolie und stillem Wasser.

Oder ins Bälleparadies von IKEA, wo ich sie mit Plastikbällen beworfen hätte. Und sie hätte gerufen: »Nein, nicht mit den ultramarinen Bällen werfen!«

Da hätten wir beide Spaß gehabt.

Meine Oma,
Benjamin Blümchen und ich

Wenn ich als Kind bei meiner Oma übernachtet habe, habe ich immer meine *Benjamin-Blümchen*-Kassetten mitgenommen, um sie dort zum Einschlafen zu hören.

Meine Oma hat sich die Titel der Folgen durchgelesen und meinte eines Tages zu mir: »Junge, dieser Elefant ist kein gutes Vorbild für dich. Was der alles macht ... Bademeister, Ritter, Müllmann, Zirkusclown, Taxifahrer. Taxifahrer! Was passiert in der Folge? Steht er die ganze Zeit mit anderen Taxen vor einem Flughafen und wartet? Oder hier, ›Benjamin Blümchen als Pirat‹. Was soll man sich darunter vorstellen? Fährt der Elefant mit seinen somalischen Kumpels in einem Schlauchboot auf ein Containerschiff zu und bedroht die Besatzung mit einem Maschinengewehr? So was willst du doch später nicht machen, wenn du groß bist, oder?«

»Wenn ich groß bin«, antwortete ich meiner Oma, »möchte ich auch mal Folgen für *Benjamin Blümchen* schreiben.«

»Ach, Quatsch, mein Junge! Mach lieber etwas Anständiges. Investmentbanker zum Beispiel.«

»Das ist eine gute Idee, Oma. Als Investmentbanker lebt

man auch in seiner eigenen Fantasiewelt, und innerhalb von wenigen Sekunden passieren die absurdesten Dinge, die man als normaler Mensch kaum erklären kann. Dagegen wirkt ein mit Zuckerstückchen zugedröhnter, sprechender Elefant auf einer Schlittschuhbahn schon viel realitätsnäher.«

»Ach, papperlapapp!«, sagte sie dann bloß. Alte Menschen sagen gerne »papperlapapp«, wenn ihnen die Argumente ausgehen. »Papperlapapp« ist das »Deine Mudda« der Nachkriegszeit.

Ich schreibe heute trotzdem Geschichten für *Benjamin Blümchen* und schicke sie unaufgefordert dem Hörspielverlag.

So auch eine Folge, extra für den russischen Markt: »Benjamin Blumov auf der Krim«:

Putin-Versteher Benjamin Blümchen nimmt die russische Staatsbürgerschaft an und wird zu Benjamin Blumov. Kurzerhand reist er für ein aufregendes militärisches Abenteuer auf die Krim, ohne jedoch offizielle Wappen oder Abzeichen zu tragen.

Von Karla Kolumna gefragt, ob er ein russischer Soldat sei, schweigt Blumov. Dass er ein sprechender Elefant ist, kommt in dieser Folge weniger zur Geltung.

Am Ende wird ihm eine ganz besondere Ehre zuteil, denn es wird eine Spezialität des Landes nach ihm benannt: »Wodka Blumov – Elefantöser Alkoholgenuss!«

Die Antwort des Verlags ließ nicht lange auf sich warten. Man habe für diesen Stoff derzeit leider keine Verwendung, freue sich aber über mein Interesse an der Hörspielserie und stehe für Nachfragen gerne zur Verfügung.

Nachfragen hatte ich keine, aber eine andere Idee, die ich direkt hinterherschickte: »Benjamin Blümchen als Kanzlerkandidat«.

Zwar wird die enge Beziehung zwischen dem Elefanten und dem kleinen Jungen Otto auch in Berlin argwöhnisch betrachtet, trotzdem wird Benjamin Blümchen von der Union zum Kanzlerkandidaten nominiert. Mit dem Slogan »Ooooch wie süß, ein sprechender Elefant!« setzt die CDU ihren inhaltsleeren Wahlkampf der letzten Jahre konsequent fort. Beim TV-Duell kommt es zum Showdown zwischen Benjamin Blümchen und Sigmar Gabriel. Beide tragen schwarze Anzüge, und die Zuschauer fragen sich, wer von den beiden eigentlich wer ist. Beim Thema, wie soziale Gerechtigkeit in der Zukunft gesichert werden könne, antwortet Blümchen mit einem »Törööö«. Gabriel fällt ihm ins Wort und erklärt, dass man das so nicht sagen könne und der Ansatz von Herrn Blümchen und der Union zutiefst unsozial sei.

Am Ende aber gewinnt ein Außenseiter. Der Rechtspopulist Tierwärter Karl von der »Alternative für Neustadt«, kurz »AfN«. Seine Hetze gegen afrikanische Elefanten war ein voller Erfolg.

Erneut sagte der Verlag ab, und ich versuchte es ein letztes Mal, indem ich es auf die Spitze trieb: »Benjamin Blümchen und die Zeitreise«.

Der Direktor Herr Tierlieb hat eine neue Attraktion im Zoo. Eine Zeitmaschine. Eines Nachts steigt Benjamin in diese und reist ins Jahr 1942.

Der Elefant schließt sich der Widerstandsgruppe *Weiße Rose* an und verteilt mit den Geschwistern Scholl Flugblätter gegen den Nationalsozialismus. Später hilft er Stauffenberg bei der Ausübung des Attentats auf den Führer. Er fährt das Fluchtauto – was Elefanten halt so machen.

Diesmal bekam ich eine ausführlichere Antwort des Hörspielverlags. Darin hieß es:

»Sehr geehrter Herr Weber,

vielen Dank für Ihre Hörspielidee. Leider gibt es in Ihrem Skript ein inhaltliches Problem. Die Folge 53 heißt ›Benjamin Blümchen wird reich‹. Er hat große Ohren, eine lange Nase, und der Name ›Benjamin‹ kommt aus dem Hebräischen. Sie ahnen, worauf ich hinaus möchte. Ich fürchte, Herr Blümchen hätte es in den Vierzigerjahren schwer gehabt, unauffällig im Untergrund zu agieren und den Widerstand zu unterstützen. Sie dürfen nicht vergessen, dass er ein afrikanischer Elefant ist und sprechen kann. Das ist auffällig.

Mit freundlichen Grüßen!«

Ich schrieb zurück:

»Dass er ein afrikanischer Elefant ist, hat Sie auch nicht gestört, als er Ballonfahrer wurde. Oder Schornsteinfeger. Oder Pilot. Oder Busfahrer. Alles keine Berufe für Lebewesen, die fünf Tonnen wiegen.

Ihre anderen Bedenken kann ich verstehen, die lassen sich aber ausräumen. Machen Sie vorher einfach die Folge ›Benjamin Blümchen und der Ariernachweis‹.

Und wenn der Elefant Benjamin mit afrikanischen Wurzeln am Ende Hitler in den Arsch tritt, was meinen Sie, was für Jubelstürme in deutschen Kinderzimmern ausbrechen. Zumindest in Kinderzimmern außerhalb von Mecklenburg-Vorpommern.«

Dieser bestechenden Argumentation konnte der Hörspielverlag offenbar nichts mehr entgegensetzen. Zumindest habe ich keine Antwort mehr erhalten. Und so fährt Benjamin Blümchen noch immer auf Flößen durch die Gegend, nimmt an Seifenkistenrennen teil und arbeitet auf dem Flughafen. Wenn so fahrlässig mit dem hohen Gut Glaubwürdigkeit umgegangen wird, braucht man sich über das Verhalten nachfolgender Generationen nicht wundern.

Im Gespräch (Sachsen)

Habe mich auf dem Weg zum Veranstaltungsort in Dresden verfahren. Frage eine ältere Passantin, ob sie mir weiterhelfen kann.

Ich: »Entschuldigung, können Sie mir sagen, wie ich zur Sächsischen Landeszentrale für politische Bildung komme?«

Passantin: »Sächsische Landeszentrale für *was*? Höre ich zum ersten Mal.«

Ich beginne, Wahlergebnisse zu verstehen.

Von Katzen und Konservativen

Mein Nachbar hat Katzen. Ich beobachte gerne, wie sie auf seinem Balkon hin- und herlaufen, auf das Geländer springen, sich putzen und ganz viele andere niedliche Katzendinge tun. Katzen sind süß.

Neulich ist eine der Katzen von dem Balkon auf die Straße gesprungen und wurde von einem Taxi überfahren. Danach war die Katze nicht mehr süß. Aber ich glaube, das liegt in der Natur der Sache. Was einmal überfahren wurde, verliert automatisch den Status des Süßseins. Das betrifft Katzen ebenso wie Pandababys. Nur Zucker bleibt auch im überfahrenen Zustand süß.

Anders verhält es sich mit Neonazis. Die werden erst süß, nachdem sie überfahren wurden. So ein dicker Glatzen-Ronny mit Baseballschläger und Hakenkreuztattoo im Nacken an der Kühlerhaube eines Lkws, das ist schon ein niedlicher Anblick.

Wenn Gott gewollt hätte, dass wir in einer schönen Welt leben, würden weniger Katzen und mehr Neonazis überfahren werden.

Aber vielleicht war die überfahrene Katze meines Nachbarn auch eine Neonazikatze, die immer das Horst-Wessel-

Lied geschnurrt hat und faschistisches Gedankengut in ihrem niedlichen Katzenkopf hatte.

Man weiß ja nie genau, wie die eigene Katze politisch eingestellt ist. Katzen sind falsche, hinterlistige Biester. Auf der einen Seite knuddelige, kleine Haustierchen. Auf der anderen Seite heimliches CSU-Mitglied und Befürworter der Pkw-Maut für Ausländer.

Oha, wäre das ein gutes Wahlplakat geworden. Im Vordergrund spielt ein Katzenbaby auf einer Straße mit einem kleinen Wollknäuel, und von hinten rast ein Pkw mit rumänischem Kennzeichen heran. »Gegen das Katzensterben auf deutschen Autobahnen!« hätte drüber stehen können. Dass das total absurd ist, weil sich Katzen eher selten auf Autobahnen blicken lassen, hätte mit dem Projekt Pkw-Maut auf einer Metaebene hervorragend zusammengepasst.

Vielleicht interessieren sich Katzen aber auch gar nicht für Politik und Gesellschaft. Dann würde die Mitgliedschaft bei der CSU auch Sinn ergeben. Oder sie glauben, dass das »C« bei »CSU« nicht für »christlich«, sondern für »Cats« steht.

Das würde auch mein Verständnis für die Politik dieser Partei schlagartig steigern. Die Herdprämie zum Beispiel ist eine ziemlich bescheuerte Erfindung. Für Menschen. Für domestizierte Tiere hingegen ist das natürlich pures Gold. Da bleibt die oberbayerische Katze zu Hause, kassiert dafür 150 Euro im Monat und übernimmt nebenbei die Kindererziehung. Und ich glaube nicht, dass das für die Kinder eine Verschlechterung darstellt. Im Gegenteil. Sie würden länger im Bayerischen Wald leben und von Tieren großgezogen werden. So wie Mowgli im »Dschungelbuch«.

Wenig Bierzelt und Stammtisch, aber dafür viel frische Luft haben aus Mowgli einen auffällig unrassistischen Jungen werden lassen. Im Gegensatz zu einem christlich-konservativen Ministerpräsidenten hat er zum Beispiel nie gesagt, dass wir nicht das Sozialamt für die ganze Welt sind. Eine Aussage, die so dunkelschwarz ist, dass sie von Weitem wie braun aussieht. Und von Nahem auch.

Anzunehmen, man könnte intelligent gegen Ausländer hetzen, ist wie zu behaupten, man könnte sexy pupen. Es klingt erst mal interessant, und man wird neugierig, wie sich das wohl anhören mag. Aber wenn es dann passiert ist, denkt man sich: »Ähh, nee. Ist genauso eklig wie die gewöhnliche Scheiße.«

Die Herdprämie für Katzen könnte den Konservatismus in diesem Land aufbrechen.

Aus »Mia san mia« wird »Miau san miau«.

Dann wird alles ein bisschen kuscheliger. Katzen schnurren, wenn man ihnen den Bauch krault. Das würde ich mir bei Konservativen auch wünschen. Man könnte jemanden abstellen, der den ganzen Tag Horst Seehofer über die Wampe streichelt, damit er mehr schnurrt und weniger rechtspopulistischen Blödsinn erzählt.

Und die Parteimitglieder bekommen alle Katzennamen. Da würde ich mich richtig auf die Nachrichten freuen:

»Niederbayern: Der bayerische Ministerpräsident Stupsi hat heute die neue Flüchtlingsunterkunft in Pfeffenhausen besucht. Gemeinsam mit Innenministerin Coco und dem örtlichen Bürgermeister Elvis wollte sich Stupsi ein Bild von der Lage vor Ort machen. Später sagte er den anwesenden Medienvertretern, dass wir nicht das Sozialamt für die ganze Welt seien.« Wenn Stupsi das sagt, klingt's ein bisschen niedlicher.

Das »C« in »CSU« könnte dann vielleicht tatsächlich für »Cats« stehen. So verrückt das klingen mag. Aber das »S« in »SPD« steht auch für »sozialdemokratisch«, und da wundert sich noch immer niemand drüber.

Mein Nachbar hat Katzen. Ich beobachte gerne, wie sie auf seinem Balkon hin- und herlaufen. Katzen sind bisweilen sture und eigenwillige Tiere, die selten über den Tellerrand der eigenen Wohnung hinausblicken.

Konservative sind nicht minder stur und eigenwillig, könnten aber ihren Horizont erweitern, wenn sie denn wollten. Diese Ignoranz macht die Konservativen zu Idioten.

Katzen hingegen sind in ihren Möglichkeiten beschränkt und unschuldig. Katzen sind einfach nur süß. Solange man sie nicht überfährt.

Springer schlägt Flöte auf E4 – oder: Wilde Kindheit hoch zwei

Ich liebe die Blockflöte, sie ist ein tolles Instrument. Alle Kinder dürfen es zu Beginn der Schulzeit lernen. Und sie tun es auch mit herzerwärmendem Eifer. Was habe ich mich immer gefreut, wenn ich zu Weihnachten der ganzen Familie »Stille Nacht, Heilige Nacht« auf der Blockflöte vorspielen durfte. Das sind die 30 Sekunden Ruhm, für die man lebt.

Die Blockflöte ist aber auch deshalb ein so tolles Instrument, weil sie so wunderschön klingt. Als würden Engel einem qualvollen Erstickungstod erliegen. Herrlich.

Und auf Konzerten freut man sich immer am meisten auf das Blockflötensolo. Noch heute schwärmen meine Eltern, wie John Lennon in den Sechzigern bei »Let it be« die Gitarre zur Seite gelegt und ein Blockflötensolo eingeschoben hat.

Wer mit dem Instrument der Götter anfängt, hat auch zahlreiche Vorbilder, an denen er sich orientieren kann. Lang Lang, den chinesischen Ausnahmeblockflötisten. David Garrett, der mit seiner Blockflöte klassische Musik mit modernen Elementen mischt. Legendär auch, wie Jimi Hendrix mit seinen Zähnen auf der Blockflöte spielte. Ach ja, die Blockflöte ... so toll!

Und wenn man mal gerade nicht auf ihr spielt, benutzt man sie beispielsweise einfach als Schlagknüppel. Die Löcher geben einen besonders guten Halt, und so liegt eine Blockflöte perfekt in der Hand, wenn man damit seine Kinder verprügeln möchte, weil sie wieder für die Schulaufführungen proben, während die *Sportschau* läuft. So geht's ja nicht!

Auch meine Eltern ließen mich Blockflöte lernen. Ich hätte zwar lieber Schlagzeug gespielt, aber meine Mutter sagte: »Junge, wenn du Schlagzeug spielen möchtest, dann such dir einen Ferienjob, und bezahle das von deinem eigenen Geld!«

Also habe ich doch Blockflöte gelernt. Ich war nie ein guter Blockflötenspieler. Als ich in der ersten Klasse war, hat mir meine Lehrerin aber Mut gemacht. »Piet«, hat sie gesagt. »Piet, Talent ist nicht alles. Mit viel Engagement, Eifer und Übung wird aus dir auch mal ein ganz großer Flötist.«

»Flötist«, wie das schon klingt. Wie eine ungarische Geschlechtskrankheit. »Herr Doktor, untenrum juckt es ganz fürchterlich, ich glaube, ich habe mir am Plattensee einen Flötisten eingefangen.«

Mit viel Engagement, Eifer und Übung habe ich es zwei Wochen später geschafft, meine Eltern zu überzeugen, das Blockflötenspiel an den Nagel hängen zu dürfen. Dafür habe ich ihnen lediglich erzählt, was für eine Freude ich an der Blockflöte habe. Wie ich es liebe, den abgerundeten Kopf dieses 30 cm langen Holzphallus zwischen die Lippen zu nehmen, um behutsam zu pusten, während ich den Schaft mit beiden Händen umklammere. In diesem Zusammenhang benutzte ich wohl auch häufig das Wort

»geil«. Meine Mutter nahm mir die Flöte weg und zerbrach sie. Das fand ich irgendwie hart und fing an zu weinen.

Damit ich die neu gewonnene Zeit sinnvoll nutzte, wurde eine alternative Beschäftigung gesucht. Ich schlug vor, dass ich in einen Fußballverein eintreten könnte. Aber meine Mutter entgegnete nur: »Junge, wenn du Fußball spielen möchtest, dann such dir einen Ferienjob, und bezahle das von deinem eigenen Geld.«

Stattdessen haben meine Eltern mich in die Schach-AG gesteckt. Das war vielleicht eine aufregende Zeit. Wir waren sieben wackere Siebenjährige. Und alle hatten wir eins gemeinsam: Seit Jahren lagen wir unseren Eltern in den Ohren, wie gerne wir endlich ein eigenes Schachbrett hätten und dass wir in den örtlichen Schachverein eintreten wollen, um noch mehr andere coole Schachspieler in unserem Alter kennenzulernen. Schließlich wussten wir auch, dass spätestens in der Oberschule die Vorzüge eines großen Schachspielers zum Tragen kommen würden. Es war bekannt, dass Schachspieler an deutschen Schulen den gleichen Status haben wie Quarterbacks in einer US-Highschool. Wir würden mit den schärfsten Cheerleaderinnen rummachen, die bei unseren Spielen in knappen Kleidern und mit bunten Pompons für Stimmung sorgen, während wir geschickt Bauern und Läufer auf den Brettern tanzen ließen.

Und um das zu erreichen, war mir jedes Mittel recht.

So habe ich meine Gegner häufig mit einer kleinen Taschenlampe geblendet und ihnen gedroht, sie als sexistische Patriarchen zu denunzieren, sollten sie meine Dame schlagen. Ich war mit sieben Jahren sehr eloquent.

Leider konnte ich mit meinen Methoden die Weltelite

nicht beirren. Es passierte bei einem Höhentrainingslager in der Schweiz. Na gut, Sächsische Schweiz. Es war auch kein richtiges Höhentrainingslager. Eher ein Schachturnier in der Schulsporthalle von Sebnitz.

Auf jeden Fall habe ich dort gegen Justus gespielt. Justus' Vater war Förster. Seine Mutter führte ein Geschäft für traditionell geschnitzte Nussknacker. Holz wurde ihm also quasi in die Wiege gelegt. Bei der Geburt hat der Arzt bestimmt gesagt: »Tataa ... Es ist ein Holzkopf!«, und danach unangemessen lang über seinen schlechten Witz gelacht. Doch lag er mit seiner Frühdiagnose falsch. Justus hat Schach *und* Blockflöte gespielt, dieser Tausendsassa. Ein Multitalent, ein Hochbegabter. Ich war chancenlos.

Also blendete ich ihn wieder mit der Taschenlampe. Justus hat mit seiner Flöte auf meinen Kopf geschlagen. Damit habe ich nicht gerechnet. Dieses ausgefuchste Genie. Ich fing an zu weinen.

Danach war ich traumatisiert und konnte mich nicht mehr an Schachbretter setzen.

Ich war ein sehr sensibles Kind. Oft hieß es, ich sei ein weinerlicher Hosenscheißer, der mal die Fresse halten solle. Worte, die man nicht gerne von seinen Eltern hört, wenn man sieben Jahre alt ist. Das hat auch meine Mutter irgendwann eingesehen und wollte mir etwas Gutes tun. Da hat sie mir ein Puzzle gekauft. »Oh toll, ein Puzzle. Und auch noch eins mit Pferden drauf. Mama, warum hast du mir eigentlich keine Zyankalikapsel mitgebracht?«, fragte ich.

»Junge«, sagte sie dann. »Wenn du dieses Zyanklidings haben möchtest, dann such dir einen Ferienjob, und bezahle das von deinem eigenen Geld.«

Eine kritische Annäherung an das Liedgut »Der König von Mallorca« von Jürgen Drews

Ich bin der König von Mallorca.
Ich bin der Prinz von Arenal.
Ich hab zwar einen an der Krone,
doch das ist mir scheißegal.

In seiner Hetzschrift »Der König von Mallorca« verkündet der im Jahr 1945 geborene Jürgen Drews seine Ansprüche auf eine totalitäre Herrschaft über die Mittelmeerinsel Mallorca. Schon 1986 hat sich Liedermacher Rio Reiser mit einer ähnlichen Thematik auseinandergesetzt. Doch der Frontsänger des Musikerkollektivs *Ton Steine Scherben* formulierte seine Theorien stets im Konjunktiv und ging den Fragen nach, was er täte, *wäre* er »König von Deutschland«.

Drews ist in seinen Ausführungen radikaler und hat sich im Jahr 1999 selbst zum König ernannt. Die Parallele zur Selbstkrönung Napoléon Bonapartes im Jahr 1804 ist auffällig und kein Zufall. Auch die Tatsache, dass sich Drews als Herrschaftsgebiet nicht etwa das heimische Rügen oder wenigstens Usedom ausgesucht hat, sondern direkt fremdes Staatsgebiet in Spanien okkupiert, unterstreicht die Skrupellosigkeit des gebürtigen Brandenburgers.

Erstaunlich, mit welcher Gelassenheit das spanische Königshaus in Madrid die Entwicklungen auf der Ferieninsel verfolgt. Auf Drews angesprochen, reagiert König Felipe VI. irritiert. Er wisse nichts von einem Putsch in der mallorquinischen Hauptstadt Palma, und natürlich sei er als König von Spanien auch immer noch König von Mallorca. Felipe VI. und Jürgen Drews. Zwei stolze Männer, zwei Perspektiven. Doch wer wirklich auf der größten Insel der Balearen regiert, lässt sich nur schwer sagen.

Drews jedenfalls untermauert seinen Machtanspruch schon in der zweiten Zeile des Refrains. Darin macht er deutlich, dass er nicht nur der König von Mallorca, sondern auch der Prinz von El Arenal ist. Ein Kniff, den er sich bei den Größen der Geschichte abgeschaut hat. Bei Kaiserin Elisabeth von Österreich zum Beispiel, die zeitgleich Königin von Ungarn war. Und auch bei Reichskanzler Adolf Hitler, der nach dem Tod Paul von Hindenburgs den Posten des Reichspräsidenten gleich mit übernahm. Ob es mal ein persönliches Treffen zwischen Hitler und Drews gegeben hat, in dem derartige Ratschläge übermittelt werden konnten, ist nicht gesichert, gilt aber angesichts der analogen politischen Vorgehensweise als wahrscheinlich. Hinzu kommt, dass Drews zum Zeitpunkt Hitlers Todes bereits 18 Tage alt war und sein Vater als Wehrmachtarzt beste Kontakte nach Berlin pflegte.

Historiker ziehen deswegen gerne Vergleiche zu dem Buch »Mein Kampf«, in dem die Ideologie Hitlers dokumentiert wurde, und stellen fest, dass Drews in »Der König von Mallorca« ebenfalls skizziert, wie die Weltordnung unter seiner Regentschaft aussieht.

So stellt er in dem Lied jedem Refrain folgenden Vierzeiler voraus:

»Party feiern bis zum Morgen,
das gibt´s nur hier, das ist gewiss.
Hier ist der Himmel auf Erden,
das letzte Paradies.«

Aussagen, die im Ausland Empörung hervorrufen. Willem-Alexander, selbst König der Niederlande, verurteilt Drews für diese Zeilen scharf. Es könne nicht angehen, dass ein europäischer Monarch andere Länder derart herabwürdige. Mallorca sei ohne Frage eine wunderschöne Insel, aber sie als letztes Paradies auf Erden zu bezeichnen, sei eine unsägliche Überhöhung, die andere Staaten und Völker beleidige.

Mit großer Sorge blickt die Insel Ibiza in Richtung Nordost auf Mallorca. Wenn Drews seine Machtposition dadurch zu festigen versucht, dass bis zum Morgen Party gefeiert werden kann, stehe zu befürchten, dass der König von Mallorca zukünftig nicht nur Prinz von El Arenal, sondern auch Kaiser von Ibiza sein möchte. Es habe schon mehrere offizielle Besuche von Drews auf der Insel gegeben, sagt ein Anwohner. Die Menschenmassen hätten dem Über-Siebzigjährigen frenetisch zugejubelt und auch vereinzelt mit »Eure Majestät« angesprochen.

Eine Entwicklung, die Juan Álvarez aus Sevilla schon seit einigen Jahren umtreibt. Der 26-jährige Informationstechniker lebt seit 2013 in Berlin-Friedrichshain, weil er seiner ursprünglichen Heimat enttäuscht den Rücken zugekehrt hat. Schon zuvor warnte er in sozialen Netzwerken vor den Veränderungen, die auf Mallorca augenscheinlich wurden und seiner Meinung nach in nicht allzu ferner Zukunft auf ganz Spanien überschwappen würden. »Ich habe immer wieder auf Facebook davor gewarnt, dass die Monarchie unter Drews schlimme Auswirkungen haben wird«, sagt Álvarez heute. Aber die meisten hätten ihm und seinen Mitstreitern keinen Glauben geschenkt. Schon gar nicht die Regierung in Madrid. Und das, obwohl er viele Ausrufezeichen benutzt habe, um die Dringlichkeit seiner Aussagen zu betonen. Sowohl Juan Carlos I. als auch sein Sohn Felipe VI. habe es nie gekümmert, was da auf Mallorca passiert, beschwert er sich weiter.

»Ich habe immer gesagt, dass ich Spanien verlassen werde, wenn diese Politikverräter das Problem nicht in den Griff kriegen und endlich zur Kenntnis nehmen, was das eigene Volk eigentlich möchte.«

Wenn man Felipe VI. fragt, ob er Juan Álvarez kenne und verfolge, was dieser auf Facebook poste, verneint der spanische König. Darüber hinaus bittet er darum, ihn wegen dieses Jürgen Drews nicht mehr anzurufen und zu belästigen.

Ein Staatsoberhaupt, das den Bezug zur Realität völlig verloren zu haben scheint. Das nicht wahrhaben möchte, die Insel Mallorca längst an König Jürgen Drews verloren zu haben. Viele Spanier sorgen sich mit den Mallorquinern. Sie haben Angst vor Drews. Berechtigte Angst, wenn man sich die beiden letzten Zeilen des Refrains von »Der König von Mallorca« anschaut:

»Ich hab zwar einen an der Krone,
doch das ist mir scheißegal.«

Da wird deutlich: Drews weiß um seinen fragwürdigen

mentalen Zustand. Damit konfrontiert, reagiert er genauso, wie es der 45. Präsident der Vereinigten Staaten von Amerika tut. Er ignoriert die Fakten und wischt Kritik und Bedenken einfach beiseite, sodass man sich mittlerweile fragen muss, von wem eine größere Gefahr ausgeht: von Donald Trump oder von dem Mann, der sich von Rio Reiser, Kaiserin Sisi und Hitler inspirieren ließ? Die eigentlichen Machthaber verschließen die Augen vor der Gefahr, die sich im Mittelmeer schon seit Jahren anbahnt. Armes Spanien!

Anruf bei der Feuerwehr

»Notruf der Berliner Feuerwehr!«

»Hallo. Ich wollte nur sagen, dass ich jetzt den Hausschlüssel der Richters habe.«

»Wie bitte?«

»Na, die Richters, meine Nachbarn. Die sind grad kurz einkaufen gefahren und haben mir ihren Hausschlüssel dagelassen. Falls es brennt. Zum Beispiel.«

»Und jetzt brennt es bei den Nachbarn?«

»Nein, es brennt nicht bei den Nachbarn. Also nicht, dass ich wüsste.«

»Warum rufen Sie dann an?«

»Um Ihnen zu sagen, dass ich den Schlüssel habe. Falls es mal brennt.«

»Falls es mal brennt?«

»Ja.«

»Na hören Sie mal! Das hier ist der Notruf der Feuerwehr. Da können Sie doch nicht einfach so anrufen. Was glauben Sie, was hier los wäre, wenn das alle machen würden?«

»Ich rufe doch gar nicht ›einfach so‹ an. Das wäre Quatsch. Machen das Leute?«

»Was?«

»Einfach so anrufen? Nee, das würde ich nicht machen. Dafür ist die Feuerwehr ja nun wirklich nicht zuständig. Dass man die einfach anruft, weil man mal wieder quatschen möchte. Wenn ich mich schön unterhalten will, rufe ich immer den Thorben an. Der ist allerdings grad schlecht zu erreichen. Nach dem Sturz hat er ja jetzt so Probleme mit der Hüfte.«

»Was denn für eine Hüfte? Was denn für ein Thorben?«

»Na, der Thorben Deisböck aus Nordhorn. Der hatte doch neulich diesen Fahrradunfall. Da waren Ihre Kollegen sogar vor Ort. Schade, dass Sie sich nicht mehr an den Thorben erinnern können. Ist ein sehr Netter. Und eigentlich vergisst man den auch nicht so schnell, weil der so blonde Locken hat wie der Thomas Gottschalk.«

»Das hier ist die *Berliner* Feuerwehr. Wir haben doch mit Nordhorn nichts zu tun!«

»Aber den Gottschalk, den kennen Sie doch noch, oder?«

»Ja, na sicher kenne ich den Gottschalk.«

»Na also!«

»Aber was hat der Gottschalk mit dem Schlüssel Ihrer Nachbarn zu tun?«

»Nichts. Der Thorben Deisböck sieht halt nur ein bisschen so aus wie der Gottschalk. Das ist 'ne ganz gute Eselsbrücke.«

»Eine gute Eselsbrücke für was?«

»Na, um den Thorben wiederzuerkennen. Sie wollen mich nicht verstehen, oder?«

»Ich möchte verstehen, warum Sie angerufen haben.«

»Um Ihnen mitzuteilen, dass ich den Schlüssel der Richters habe.«

»Aber wenn es bei den Richters nicht brennt, ist das doch nicht wichtig.«

»Aber wenn es bei den Richters erst mal brennt, ist es ja zu spät.«

»Wie zu spät?«

»Na, wenn es brennt und niemand da ist, treten Sie doch die Tür ein, um in die Wohnung zu kommen.«

»Ja, wie sollen wir auch sonst in die Wohnung kommen?«

»Na, mit dem Wohnungsschlüssel. Wie jeder andere Mensch auch. Nur weil Sie die Feuerwehr sind, müssen Sie doch nicht gleich alles kaputt machen. In der Regel richtet so ein Feuer schon genug Schaden an.«

»Aber wir klingeln doch nicht erst mal bei allen Nachbarn und sagen: ›Guten Tag! Vielleicht haben Sie es schon an der Temperatur und am Geruch gemerkt, aber in der Wohnung unter Ihnen brennt es. Haben Sie vielleicht einen Schlüssel zu der Wohnung? Wir möchten nicht unnötig die Tür kaputthauen.‹«

»Deswegen rufe ich an.«

»Hä?«

»Jetzt wissen Sie ja, dass ich den Schlüssel habe. Da müssen Sie nicht im Haus rumfragen, sondern kommen einfach direkt zu mir.«

»Aber es brennt doch gar nicht.«

»Na, aber *wenn* es brennt, Herrgott!«

»Dann weiß doch keiner mehr, dass Sie den Schlüssel haben.«

»Schreiben Sie solche Informationen nicht auf?«

»Wohin?«

»Auf so einen gelben Zettel zum Beispiel. Den kleben Sie dann an Ihren Bildschirm, und wenn jemand anruft und sagt, dass es bei den Richters brennt, können Sie direkt sehen: ›Aha. Richters. Gut. Der Nachbar hat den Schlüssel.‹«

»Wie stellen Sie sich das denn vor? Wenn das alle machen würden. Dann wäre mein ganzer Bildschirm mit Zetteln voll geklebt. Total unübersichtlich.«

»Sie sagen immer: ›Wenn das alle machen würden.‹ So kann man doch nicht argumentieren. ›Kaninchen züchten, wenn das alle machen würden.‹ Ja, dann hätten wir hier eine dramatische Kaninchenplage. Machen aber nicht alle. Und ich bin doch offensichtlich der Einzige, der in der Schlüssel-Feuerwehr-Thematik Weitsicht beweist.«

»Na gut. Dann schreibe ich jetzt auf, dass Sie den Schlüssel von der Familie Richter haben.«

»Nun ja. Familie ist aber nicht ganz richtig.«

»Was ist denn daran nicht richtig?«

»Die Richters haben keine Kinder.«

»Das ist doch völlig egal!«

»Finde ich nicht.«

»Ach so?«

»Ja. Eine Familie besteht doch aus Vater, Mutter, Kind. Meinetwegen auch aus Vater, Vater, Kind oder Mutter, Mutter, Kind. Aber elementar ist das Kind. Und das fehlt bei den Richters.«

»Das ist doch deren Sache, ob die Kinder haben oder nicht. Da brauchen Sie sich doch nicht einmischen.«

»Tue ich ja auch nicht. Aber ich finde, dass Sie die Richters nicht als Familie bezeichnen können, wenn die kein Kind haben.«

»Was soll ich denn sonst schreiben?«

»Wie wäre es mit ›Eheleute‹?«

»Eheleute? ... Wie das klingt ...«

»Wie klingt denn das?«

»Das klingt so förmlich. Als würde man die eigentlich unbekannten Nachbarn zu einer privaten Feier einladen: ›Liebe Eheleute Richter, wir machen eine Gartenparty. Wir freuen uns, wenn Sie uns mit Ihrer Anwesenheit beehren würden. Bitte bringen Sie schönes Wetter und gerne eine Flasche guten Weißwein mit.‹ Da kann man das Wort ›Eheleute‹ verwenden. Aber das ist doch nichts für eine Notiz bei der Feuerwehr.«

»Wer fordert denn seine Gäste auf, eine Flasche Weißwein mitzubringen? Und betont dann auch noch, dass es ein guter sein soll? So etwas macht man doch nicht!«

»Wenn man das nicht betont, bringen die Leute billigen Fusel mit.«

»Und wenn man gar nicht sagt, dass die Gäste etwas mitbringen sollen, weil sie ja schließlich eingeladen werden?«

»Dann bringen die trotzdem billigen Fusel mit. Weil der bei denen zu Hause rumsteht und sie froh sind, ihn bei so einer Gartenparty loswerden zu können. So sind Leute.«

»Ich bringe zu solchen Anlässen immer selbst gemachten Nudelsalat mit.«

»Wenn das mal alle machen würden.«

»Eben nicht. Da haben wir es wieder. Wenn das alle machen würden, gäbe es auf Ihrer Party vierzig verschiedene Nudelsalate, aber nichts zu trinken. Seien Sie mal froh, dass es Menschen gibt wie die Eheleute Richter, die einfach eine Flasche Wein mitbringen.«

»Sie haben ja recht. So einen Wein kann man im Zweifel auch immer weiterverschenken. Das ist beim selbst gemachten Nudelsalat leider nicht möglich.«

»Was soll das denn heißen?«

»Ach, das ist doch gar nicht gegen Sie gerichtet.«

»Na, dann ist ja gut.«

»Aber so ein mitgebrachter Nudelsalat hat natürlich immer etwas Endgültiges. Der wird einem so aufgezwungen. Und wenn der nicht schmeckt und bis zum Ende auf dem Büfett rumsteht, dann ist das für alle Seiten unangenehm.«

»Mein Nudelsalat schmeckt.«

»Dass Sie davon überzeugt sind, will ich doch hoffen. Wäre ja noch schöner, wenn Sie einen Nudelsalat mitbringen, von dem Sie selbst sagen: ›Geschmacklich im unteren Segment anzusiedeln. Völlig übersäuert das Ding. Ungenießbar.‹«

»Der schmeckt auch anderen. Mit getrockneten Tomaten und Oliven. Wird immer gelobt.«

»Ich hasse Oliven.«

»Aber ich nehme nur echte italienische Oliven.«

»Das ist mir doch egal, ob die echt italienisch sind oder aus alten Autoreifen im Chemielabor Plauen hergestellt wurden. Ich mag den Geschmack von Oliven einfach nicht.«

»Ich möchte nicht zu Ihrer Gartenparty kommen.«

»Sie sind doch gar nicht eingeladen. Und die Eheleute Richter auch nicht. Ich habe auf den Zettel jetzt übrigens doch ›Eheleute‹ geschrieben.«

»Ach, der Zettel ... Die Richters sind grad vom Einkaufen zurückgekommen.«

»Wie?«

»Na, das Auto steht vor dem Haus, und sie tragen gerade die Tüten rein. Das mit dem Zettel hat sich also erledigt. Die Richters sind wieder da.«

»Und was soll ich nun mit dem Zettel machen?«

»Legen Sie ihn einfach zu den anderen.«

»Welchen anderen?«

»Ihre Kollegen haben den immer in die oberste Schublade des Schreibtischs getan.«

»Hier ist ja alles voll mit gelben Zetteln!«

»Ja, wie gesagt: Der Thorben Deisböck ist grad sehr schwer zu erreichen.«

Im Gespräch (Zugfahrt)

IC von Berlin Richtung Amsterdam. In Stendal steigt eine Schulklasse (16–18 Jahre) zu, die offensichtlich zu einer Klassenfahrt aufbricht. Ein Schüler fragt, ob neben mir noch Platz ist. Ich nehme meinen Rucksack runter.

Ich: »Klassenfahrt nach Amsterdam? Cool.«

Er: »Wir fahren nicht nach Amsterdam.«

Ich: »Nicht?«

Er: »Nein. Nach Osnabrück.«

Ich: »Oh.«

(Einige Sekunden Pause.)

Ich: »Aber wenn man aus Stendal kommt, ist Osnabrück doch auch schon aufregend.«

Der Schüler steht auf und setzt sich woanders hin.

Ich hasse das Internet

Früher hielt ich das Internet noch für eine schlaue Erfindung, für nützlich und zukunftsweisend. Allein weil sich viele Menschen darin tummeln, die sonst auf den Straßen ihr Unwesen treiben würden.

Ohne Internet würde man beim Schlendern durch die Fußgängerzone von wildfremden Leuten angeschrien werden: »ENLARGE YOUR PENIS, NOW!!!«

Zwielichtige Notare würden auf einen zukommen und erzählen, dass sie den Nachlass eines afrikanischen Prinzen verwalten, der rein zufällig mit einem verwandt sei und jede Menge Geld zu vererben hat.

Man müsste alle paar Tage aus seinem Briefkasten niedliche Katzenbilder herausholen, die ein guter Freund mit der Post geschickt hat. Und um dem Freund mitzuteilen, wie süß und lustig man dieses Bild findet, müsste man ihn anrufen, nur um »rofl« zu sagen.

Deswegen mochte ich das Internet eigentlich ganz gerne. Bis vor ein paar Wochen. Bis zu dem Tag, an dem meine Mutter einen Internetanschluss bekommen hat.

Es fing ja noch ganz harmlos an, als sie mir und meinen beiden älteren Brüdern ihre E-Mail-Adresse mitgeteilt hat:

euremutter@aol.de. Wir haben viel gelacht an dem Tag. Kritischer wurde es mit den ersten E-Mails, die sie verschickt hat:

>> *Hallo mein Großer,* ich habe ein niedliches Katzenbild gefunden. Besuche mal www.niedlichekatzen.de und wenn du links auf ›Galerie‹ klickst, kannst du unten auf Seite 2 blättern. Da ist es das 12. Bild in der rechten Spalte. Ist das nicht ein ulkiges Foto? Rolf. *Liebe Grüße, Mama*«

Dass sie das Konzept von Links noch nicht verstanden hat und deswegen umständlich beschreibt, wo man dieses Bild findet, geschenkt. Aber »rofl« schreiben zu wollen, und dann kommt »Rolf« dabei raus, das geht gar nicht. Vielleicht hat sie damit auch einfach nur einen neuen Trend gesetzt. Männernamen zusammenhanglos in E-Mails einbauen. Ich habe das direkt adaptiert:

>> *Hallo Mama,* ja, die Katze hat ihren Kopf in einem Karton verheddert. Noch nie gesehen. Sehr witzig. Vielen Dank für diesen originellen Einblick in dein Leben auf der digitalen Überholspur. Bernd. *Liebe Grüße, Sohn No.3*«

Danach war erst einmal für ein paar Tage Ruhe im Postfach. Doch dann meldete sich meine Mutter aus dem Urlaub. Sie schrieb, dass sie nun endlich ein Internetcafé hat finden können, um uns zu »e-mailen«. Das Wetter sei sehr schön und die Leute nett.

Insgesamt also eine sehr informative E-Mail. Ich antwortete:

> »*Hallo Mama,* das Jahr 2001 hat angerufen und möchte sein Internetcafé zurückhaben. Du scheinst da einer echten Rarität auf der Spur zu sein. So etwas findet man nur noch ganz selten. Wenn du Bilder von diesen Cafés machst, kannst du sie im Album direkt neben die Pyramiden von Gizeh kleben. Die Suche danach hat sich auf jeden Fall gelohnt, für diese wertvollen Impressionen, die du uns so bildhaft beschrieben hast. Ich habe es vor Augen, als wäre ich dabei gewesen. Jochen. *Liebe Grüße, Sohn No. 3*«

Eigentlich darf ich mich nicht beschweren, denn diese Art von Urlaubs-E-Mails sind eine eminente Steigerung im Vergleich zu den Postkarten, die sie früher geschrieben hat. Weil sie nämlich die Befürchtung hatte, die Karten würden erst bei uns eintreffen, wenn sie schon wieder zu Hause ist, hat sie noch am Flughafen Postkarten mit Berlin-Motiven gekauft, auf dem Hinflug beschrieben und am Zielflughafen direkt in den Briefkasten geworfen. Nie werde ich die Postkarte vergessen, die sie mir aus Peru geschickt hat. Vorne war das Brandenburger Tor zu sehen, und hinten schrieb sie Folgendes:

> »*Hallo mein Großer,* der Flug nach Lima war sehr anstrengend. Wir mussten in Frankfurt umsteigen und hatten vier Stunden Aufenthalt. Dafür war dort das Wetter sehr schön und die Leute nett. Freue mich

schon darauf, euch in Berlin wiederzusehen. *Liebe Grüße, Mama*«

Natürlich wollte ich nach so einer Beschreibung unbedingt ins exotisch klingende Peru reisen. Noch viel mehr hat mich aber Frankfurt interessiert. Es schien wie Berlin zu sein. Nur halt mit netten Leuten.

Einen weiteren Internet-Coup landete meine Mutter, als sie mich vor Kurzem bei StudiVZ gegruschelt hat. StudiVZ, die Geisterstadt des World Wide Web. Wie in einem Western würde der Wind Steppenläufer durch dieses Netzwerk wehen, wenn Wind und Steppenläufer nicht schon 2010 ihr Profil gelöscht hätten. Aber meine Mutter handelt antizyklisch und scheint fest daran zu glauben, dass StudiVZ noch einen zweiten Frühling erlebt. Deswegen schmückt sie ihr Profil mit allerhand Informationen, gruschelt und schreibt mir auf die Pinnwand:

»*Hallo mein Großer*, bin jetzt auch hier. Rolf. *Liebe Grüße, Mama*«

»*Hallo Mama*, super, wie du dich vernetzt. Erst AOL und jetzt StudiVZ. Das nimmt ja wirklich Fahrt auf. Wenn du demnächst bei Napster das neue Album von den *No Angels* runterlädst, werde ich nicht drumrumkommen, dich zukünftig ›Mama 2.0‹ zu nennen. Uwe. *Liebe Grüße, Sohn No. 3*«

Der GAU ist eingetreten, seit meine Mutter sich vor einigen Tagen ein Smartphone zugelegt hat. Nun schickt sie mir ständig über Whatsapp Selfies von sich und twittert Bilder von ihrem Mittagessen. Ich weiß nicht, was da in der Erziehung schiefgelaufen ist und von wem sie das hat. Von ihrem Vater bestimmt nicht. Was hätte der schon zu twittern gehabt? »Echt kalt hier! #stalingrad«

Es war alles besser, bevor meine Mutter das Internet für sich entdeckt hat. Das Internet war besser. Und meine Mutter war auch besser. Wenn ein Knopf von einem Hemd abgerissen ist, konnte ich es zu ihr bringen, und sie hat ihn wieder angenäht. Heute schreibt sie mir:

>»Hallo mein Großer,< besuche mal www.youtube.com. Und wenn du oben ›Knopf annähen‹ eintippst, kommen ganz viele Videos, die das erklären. Rolf. *Liebe Grüße, Mama*«

Ich hasse das Internet.

Die Familienfeier

Es hatte alles mit dieser hübsch dekorierten Einladungskarte begonnen, die eines Morgens in meinem Briefkasten lag. Absender war meine Stieftante dritten Grades mütterlicherseits. Vielleicht war es auch die Schwippschwägerin meiner Großcousine fünften Grades. Auf jeden Fall stand der sechzigste Geburtstag von irgendjemandem an, den ich kennen sollte. Allerdings reichte meine Aufmerksamkeit nicht mehr aus, um herauszufinden, wer genau das war, nachdem ich in der Karte die Worte »Freigetränke« und »Schokobrunnen« entdeckt hatte.

Vor selbigen stand ich nun seit einer Viertelstunde und ergötzte mich daran zu überprüfen, wie sich die kulinarischen Bestandteile des Büfetts auf der Geschmacksskala entwickeln, wenn sie einmal mit Schokolade überzogen wurden. Wie zu erwarten war, konnten sich die Erdbeeren von einer ohnehin sehr guten Acht auf eine Zehn steigern, der Blumenkohl hingegen wusste von der süßen Dusche nicht zu profitieren und verharrte bei einer Vier. Gerne hätte ich noch gewusst, wie es dem etwas zu trockenen Zanderfilet bekommen wäre, wenn es ein wenig Schokoflüssigkeit hätte aufsaugen können. Doch nachdem einer der Kellner ein Stückchen Spanferkel aus dem Brunnen gelöffelt hatte, stand ich unter strenger Beobachtung des Restaurantpersonals.

So musste ich meine empirisch-wissenschaftlichen Untersuchungen fürs Erste hintanstellen und setzte mich zurück an den mir zugewiesenen Tisch, auf dessen Kärtchen »Kinder und Behinderte« stand. Mit »Behinderte« war mein Großonkel Ulrich gemeint, dessen Behinderung darin bestand, dass er über vierzig Jahre alt und noch immer unverheiratet war. Auf dem Land gelten halt andere Maßstäbe. Die Kinderfraktion bestand neben mir aus Katharina, Leon, Max und Fiona. Drei ganz entzückende Kinder im Alter zwischen fünf und acht Jahren. Und Fiona.

Es schien, als hätte sie eine Woche zuvor sprechen gelernt und müsste diese neue Superkraft jetzt demonstrativ einsetzen. »Ich bin nicht acht Jahre, sondern achteinhalb. Meine beste Freundin in der Schule heißt Emma, aber mit der hab ich gerade Streit, deswegen ist sie nicht mehr meine beste Freundin, sondern Mia. Also Mia S., nicht Mia L., weil Mia L.s beste Freundin schon Leonie ist. Es gibt noch eine dritte Mia in meiner Klasse, aber die spielt lieber mit Jungs.«

»Das ist alles sehr, sehr spannend. Erzähle bitte mehr davon«, sagte ich und fixierte wieder den Schokobrunnen, der weiterhin auf dem Büfett stand, jedoch aktuell unbeaufsichtigt war.

»Jungs mag ich nicht, weil die immer ärgern. Aber ich ärgere zurück. Neulich habe ich Ben einen Kaugummi unter den Rucksack geklebt, das war witzig. Zu meinem Geburtstag wünsche ich mir ein Pony. Aber ich weiß noch nicht, wo das Pony leben soll. In meinem Zimmer ist so wenig Platz, weil das Puppenhaus in der Ecke steht.«

Ponys sollten am besten gar nicht in Gelsenkirchener Hochhaussiedlungen leben, dachte ich mir, konnte diese anregende Unterhaltung aber nicht fortführen, weil sich mir die unerwartete Chance bot zu erkunden, was es mit Salzkartoffeln macht, wenn sie unter sprudelnde Schokolade gehalten werden. Jeder, der schon einmal Bratkartoffeln mit Nutella gegessen hat, hat eine ungefähre Vorstellung davon, wie sich diese beiden Koryphäen ihrer jeweiligen Nahrungsdisziplin ergänzen könnten, wenn gesellschaftliche Konventionen diese Symbiose nicht aus vorgeschobenen Ekelgründen verbieten würden. Es ist zwar erlaubt, Butter unter Nutella zu schmieren, aber wer seine Bratkartoffeln mit dieser köstlichen Nuss-Nugat-Creme garniert, kassiert von der Polizei für Geschmack und Ästhetik vorwurfsvolle Blicke und abschätzige Mimik. Noch drastischer wird es, wenn man Salzkartoffeln unter einen Schokobrunnen hält. Wer dabei vom Chef des Hauses erwischt wird, bekommt, wie ich nun herausgefunden habe, ernsthaft ein Hausverbot angedroht.

Während ich mit gesenktem Haupt zu meinem Tisch zurückschlich, stellte ich fest, dass an den anderen beiden Tischen eine merkwürdig unentspannte Stimmung herrschte. Der eine war den »Nachbarn« zugewiesen, auf dem anderen war auf dem Kärtchen »Freunde« zu lesen. Einige der Nachbarn waren sichtlich bemüht, einen so guten Eindruck bei der Gastgeberin zu hinterlassen, dass sie im nächsten Jahr auch an den Freundetisch dürfen. Und unter den Freunden waren eigentlich nur die wirklich entspannt, die sich sicher waren, weit genug weg zu wohnen, um niemals zum Nachbarn degradiert werden zu können. Eine der Freundinnen unterhielt sich gerade mit meiner Stieftantengroßcousinenschwägerin und bestätigte zwar, dass das Haus am Ende ihrer Straße frei würde, zählte aber zugleich all die negativen Begleiterscheinungen von Umzügen auf.

Als ich wieder an meinem Tisch angekommen war, entschied ich mich dazu, mich nicht wieder zu dem unaufhörlich plappernden Mädchen zu setzen, das gerade dabei war zu erzählen, wie aufregend das Muschelsammeln im diesjährigen Nordseeurlaub war, sondern gesellte mich zu meinem Onkel Ulrich, um mit ihm über seine Behinderung zu reden.

Er lebe seit über zehn Jahren glücklich mit seiner Freundin zusammen, heiraten sei jedoch kein Thema für die beiden. Nie waren Behinderungen langweiliger.

Gott sei Dank war dann der Zeitpunkt gekommen, an dem der Kegelclub meiner Stieftantengroßcousinenschwägerin sein selbst geschriebenes Geburtstagsgedicht zum Besten gab. Geprägt von Reimen wie »Geboren in der Scheune / triffst du heut alle Neune« oder: »Hiss die Segel, und begeh kein' Mord! / Sondern fröhn viel mehr dem Kegelsport!« wurden im Land der Dichter und Denker neue poetische Meilensteine gesetzt.

Bevor ich die Feierlichkeiten verlassen musste, weil ich versucht hatte, meinen Mund ohne Zuhilfenahme weiterer Lebensmittel direkt an der Quelle mit Schokolade zu füllen, hinterließ ich noch eine Ode im Gästebuch auf dem Gabentisch:

>*Der ganze Mund ist voll,*
keine Luft mehr in den Lungen.
Fand die Party ziemlich toll,
und das lag am Schokobrunnen.«

Ehrlich währt am längsten

Ich werde durch meinen Radiowecker aus dem Schlaf gerissen. Es läuft *Berlins nervigste Morningshow* mit Arno und Katja. Beide gähnen übermüdet und gelangweilt ins Mikrofon. Arno erklärt, dass ihn das frühe Aufstehen an seine körperlichen Grenzen bringe, und Katja berichtet, dass Nervenzusammenbrüche am frühen Nachmittag zum Alltag geworden sind.

Mir gefällt diese erfrischende Ehrlichkeit im Frühstücksradio. Es ist ja auch unglaubwürdig, dass zwei Bachelorabsolventen der Magdeburger Clownschule, die jeden Morgen um 3 Uhr aufstehen müssen, auch noch mit ehrlicher guter Laune gesegnet sind.

Beim Duschen höre ich den Jingle des Senders: »Sie hören 95,7 – Das Durchschnittsradio ... D-D-D-D-D-Durchschnittsradio. Wir spielen die Hits, die Ihnen schon in den Siebzigern, Achtzigern und Neunzigern auf die Nerven gegangen sind, weil sie jeder Dorf-DJ in der örtlichen Großraumdiskothek aufgelegt hat. Dazu die nervigsten Ohrwürmer von heute. In der nächsten Stunde hören Sie unter anderem: Mark Forster, Kylie Minogue, Ed Sheeran und noch mal irgendeinen beliebigen Song von Mark Forster.«

Beim Abtrocknen wünsche ich mir die Zeit zurück, in der im Radio weniger Mark Forster und mehr Berichte über die Lage an der Ostfront gesendet wurden.

Danach setze ich mich an den Laptop und gehe auf Facebook. Sinnvolle Neuerung: Der »Mir egal«-Button. Sehr praktisch. Stefanie Dost schreibt: »Gehe heute italienisch essen *megafreu*.« 2 Personen gefällt das, 61 Personen – klick –, 62 Personen ist das egal. Egal ist mir auch, dass Michael Bollat sein Fahrrad geputzt und Florian Soost sein Spiegelbild in einer Pfütze fotografiert hat. So ein Freigeist, der die Grenzen zwischen Amateurfotografie und Kunstelite mithilfe eines Schwarz-Weiß-Filters einreißen kann. Irrer Typ. Ganz ehrlich: Dieser ganze Selfiescheiß ist eh die schlimmste Erfindung seit der Wiedervereinigung. Man kann viel Schlechtes über die DDR sagen. Aber dass sich Teenies mit ausgestrecktem Arm von schräg oben und einem Duckface fotografiert und das dann bei Instagram reingestellt haben, hat es da nicht gegeben. Und wenn doch, gab es ja auch noch Willkür und das Stasi-Gefängnis.

Ich muss mit der U-Bahn zum Alexanderplatz, weil ich mir neue Schuhe kaufen möchte. Auf dem Bahnsteig gerate ich in einen Flashmob. Einige exzentrische Selbstdarsteller haben sich zusammengefunden, damit sie kollektiv rumzappeln können, um ihrem Lebensgefühl Ausdruck zu verleihen. Das hat es in der DDR übrigens auch schon gegeben, hieß aber anders und wurde am 17. Juni 1953 niedergeknüppelt.

In der U-Bahn stellt sich Richard vor. Richard gibt zu, dass er viel Alkohol trinkt, raucht und auch andere Drogen zu sich nimmt. Um sich diese kostspieligen Hobbys finanzieren zu können, verkaufe er die aktuelle Ausgabe der *Motz*. Die Themen wolle er nicht breittreten, weil das eh niemanden interessiere. Wie recht er hat.

Über eine kleine Spende würde er sich auch freuen. Der Hund, den er dabeihat, gehöre auch gar nicht ihm, sagt er. Er habe ihn sich nur ausgeliehen, um mehr Mitleid zu erregen. »Hat funktioniert!«, sage ich und gebe ihm einen Euro.

Im Schuhladen angekommen, suche ich nach möglichst günstigen Schuhen. Solche, die in einer verarmten Region Asiens für einen Hungerlohn hergestellt wurden. Natürlich habe ich dabei auch ein schlechtes Gewissen, aber Geiz ist geil. Doch die Verkäuferin kann mich beruhigen. Die teuren Schuhe von den großen Marken würden ebenfalls unter hoch kriminellen Bedingungen produziert. Der Preis sage nichts über den Grad der Ausbeutung aus. Aber sie verstehe auch, dass man sich als Kunde nicht immer darüber Gedanken machen könne, weil so ein Einkauf ja sonst emotional schwer durchzustehen sei. Es würde ja keinen Spaß machen, wenn man die ganze Zeit daran denken würde, dass die asiatischen Kinder in den stickigen Schuhfabriken zwölf Stunden am Tag, sechs Tage die Woche Schuhe produzierten und dafür einen Lohn erhielten, für den sie hier alle drei Monate ins Kino gehen könnten.

»Ja, recht haben Sie!«, sage ich. »Die Kinopreise sind eine Unverschämtheit.«

»Bah, haben Sie sich da hässliche Schuhe ausgesucht!«, sagt die Kassiererin beim Bezahlen. Sie wünscht mir danach auch keinen schönen Tag, sondern erklärt offen, dass es ihr wirklich komplett egal sei, wie mein Resttag verlaufe.

Auf dem Alexanderplatz findet noch eine Kundgebung der AfD statt. Parteisturmbannführer Alexander Gauland spricht zu seinesgleichen:

»Wir – die NPD der Mitte – schüren unbegründete Ängste vor Ausländern. Wir – die NPD des spießig gekleideten Mannes – wollen deutsche Grenzbeamte für deutsche Grenzen. Wir – die NPD mit Haaren – wollen verhindern, dass gleichgeschlechtliche Beziehungen als das akzeptiert werden, was sie nun mal sind: normal!«

Ich weiß gar nicht, ob es in der DDR gleichgeschlechtliche Liebe gegeben hat. Wahrscheinlich nicht. Die hatten ja damals nichts. Alles war grau, es gab keine Regenbogenfarben, also auch keine Homosexuellen.

In der DDR gab es aber auch keine AfD. Es war also nicht alles schlecht.

Am Abend habe ich noch Sex mit meiner Freundin. Nach 30 Sekunden bin ich fertig. »Wie war ich?«, frage ich sie. »Mhh, joa ...«, murmelt sie. »Als Schulnote ausgedrückt: fünf plus. Aber auch nur, weil du diesmal beim Höhepunkt nicht ›Halleluja‹ gerufen hast.«

Und da wurde mir klar: Ehrlich sein ist wie Weltkrieg. Kann man ein-, zweimal machen, aber am Ende ist alles kaputt.

Lügen hingegen sind wie Kuschelrock-CDs. Eigentlich scheiße, aber es gibt Situationen, in denen man sie gerne hört.

Opa gibt Rätsel auf

Es ist immer wieder schön, mit Opa alte Folgen seiner Lieblingsquizshow *Familienduell* zu gucken. Besonders seit einigen Monaten, in denen er auf der Leiter der Greisenhaftigkeit mehrere Sprossen auf einmal genommen zu haben scheint. Als alter, weiser Mann hat er nun auf jede Frage eine Antwort. Häufig ist es nicht die richtige. Aber das stört ihn nicht.

»100 Leute haben wir gefragt: Nennen Sie etwas, mit dem man sich die Zähne putzen kann!«

»Vorschlaghammer!«

Opas Zähne werden schon seit vielen Jahren über Nacht in einem Wasserglas von einer Brausetablette gereinigt. Woher soll der Mann denn wissen, dass das traditionelle Putzen mit dem Vorschlaghammer aus der Mode gekommen ist?! So etwas erzählt ihm ja keiner.

Unterhaltungen mit meinem Opa laufen ohnehin nach dem immer gleichen Muster ab. Jeder trägt die Dinge zum Gespräch bei, die beim Gegenüber möglichst wenig Interesse hervorrufen. Wenn Opa erzählt, dass seine Nachbarn neues Klicklaminat verlegt haben, lese ich ihm aus dem Telefonbuch vor. Dann pöbelt er kurz rum, dass ich ihm wertvolle Minuten seines Lebens gestohlen hätte, und schiebt die VHS-Kassette mit den alten *Familienduell*-Folgen ein.

»100 Leute haben wir gefragt: Nennen Sie ein Tier, das fliegen kann!«

»Lenin!«

»Lenin« war der Name von Opas Hund, der vor zehn Jahren gestorben ist. Also eigentlich hieß der Hund »Wladimir Iljitsch Uljanow«, aber das war Opa dann schnell zu lang, wenn er den Hund mal rufen wollte. Also nannte er ihn »Lenin«, obwohl er ihn auch »Boris« oder »Eichhörnchen« hätte nennen können. Der Hund hat nämlich auf keinen Namen gehört, egal was man gerufen hat. So war mit »Lenin« schon ein Tier gemeint, aber halt eins, das nicht fliegen konnte. Nur einmal, kurz vor seinem Tod, zwanzig Meter weit auf der Hauptstraße. Trotzdem war die gesuchte Topantwort bei der Frage nicht »Lenin«, sondern »Vogel«. Hätte man drauf kommen können. Erst recht, wenn man bedenkt, dass Opa diese Videokassette mindestens einmal pro Woche guckt und alle Fragen und die dazugehörigen Lösungen schon hundert Mal gehört hat. Auch ich wusste, dass als Nächstes nach einem Land gefragt werden wird, in dem man gerne seinen Strandurlaub verbringt. Und ich wusste auch, dass Opa wieder »Sachsen-Anhalt!« rufen wird. Deswegen ging ich lieber in die Küche. Eine Entscheidung, die ich schnell bereuen sollte. Denn dort saß meine Mutter, schminkte sich und redete mit ihrem Laptop. Es war der Tag der Woche, den meine Brüder und ich liebevoll den »Tag des schlimmsten Gesichts« getauft hatten. Vor einigen Wochen ist meine Mutter mal wieder ohne Aufsicht ihrer Kinder ins Internet gelangt und ist der Frage auf den Grund gegangen, wie man

Videos bei YouTube hochlädt. Es dauerte nicht lange, bis sie uns stolz ihren ersten selbst produzierten Clip gezeigt hat. Darin konnte man ihr dabei zusehen, wie sie sieben Minuten lang versucht, ihre Kontaktlinsen aus den Augen zu nehmen. Es endete mit dem Satz: »Ach, ich hab die ja gar nicht reingemacht, ich Schussel.« Wenn es Kriterien für Videos gibt, damit sie viral gehen, erfüllt dieses absolut keines davon. Trotzdem war es für sie der Startschuss zu einem neuen Hobby. Seitdem hat sie sich von anderen YouTubern inspirieren lassen und lädt nun regelmäßig Videos hoch, in denen sie erklärt, wie sich die modebewusste Ü60-Generation angemessen das Gesicht anmalt.

Als gruseliger Höhepunkt müssen die Vorher-nachher-Bilder am Ende dieser visuellen Gräueltaten bezeichnet werden. Links meine ungeschminkte Mutter. Rechts der Joker aus *Batman*, der sich als meine Mutter verkleidet hat.

Noch schlimmer ist aber, dass sie diese epochalen Machwerke per E-Mail verschickt, direkt danach anruft und uns nötigt, die Videos während des Telefonats zu gucken.

»Schaust du es dir direkt an?!«

»Ja.«

»Und, was passiert gerade?«

»Du kämmst deine Wimpern.«

»Das ist Mascara, mein Junge! ... Und was passiert jetzt?«

»Man sieht den Wandteppich im Wohnzimmer. Du bist weggegangen.«

»Ach, das erkläre ich später im Video. Da hatte das Telefon geklingelt. Die Manuela war dran, das hat ein bisschen gedauert.«

Ich hatte schon versucht, ihr wegen derartiger Eskapaden Internetverbot zu erteilen, aber sie hält sich nicht daran, wie ich feststellen musste, als ich nun die Küche betrat. Glücklicherweise war sie so sehr damit beschäftigt, in die Kamera zu sprechen und gleichzeitig Lippenstift aufzutragen, dass sie mich nicht bemerkt hat.

»Sachsen-Anhalt!«, hallte es aus dem Wohnzimmer durch die Wohnung, wo Opa den Nachmittag weiterhin damit verbrachte, falsche Antworten zu rufen. Aber wenn die Alternative lautet, der eigenen Mutter dabei zuzusehen, wie sie beim Schminken und Sprechen versehentlich in den Lippenstift beißt, wird einem sehr schnell egal, was richtige und was falsche Antworten sind. Deswegen ging ich wieder zurück ins Wohnzimmer und setzte mich neben den alten, weisen Mann.

»100 Leute haben wir gefragt: Nennen Sie eine Berufsgruppe, die viel an der frischen Luft arbeitet!«

»Verkehrsampel!«, rief Opa.

»Ähh, ja genau. Verkehrsampel. Ein beliebter Ausbildungsberuf«, sagte ich. »Und wer in den höheren Dienst möchte, muss Verkehrsampelogie studiert haben.«

Opa lächelte mich an und flüsterte mir ins Ohr: »Zahnbürste, Vogel, Italien, Gärtner. Aber sag es nicht deiner Mutter, sonst muss ich wieder ihre Schminkvideos gucken.«

Brief an die Lehrerin

Sehr geehrte Frau Dreier,
am vergangenen Freitag trug es sich zu, dass mein Neffe wie jeden Freitag in der vierten Stunde Ihrem Musikunterricht beiwohnte. Seinen Schilderungen folgend, wurde in jener Unterrichtsstunde das Lied »Drei Chinesen mit dem Kontrabass« in all seinen Variationen gesungen. Er bilanzierte, dass ihm das Singen dieses Liedes summa summarum keine Freude bereitet habe. In meinen Augen eine nachvollziehbare Schlussfolgerung, da offensichtlich ist, dass dieses Lied viel zu komplex für einen Sechsjährigen ist.

Drei Chinesen mit dem Kontrabass
saßen auf der Straße und erzählten sich was.
Da kam die Polizei, fragt: »Was ist denn das?«
Drei Chinesen mit dem Kontrabass.

Irritiert fragt sich mein Neffe nun, was sich diese drei Chinesen haben zuschulden kommen lassen, dass sie ins Visier der Strafermittlungsbehörden geraten sind. An dieser Stelle möchte ich um Ihre Mithilfe bitten, Frau Dreier, da wir uns nicht imstande sehen, ihn vollends über die Geschehnisse auf der im Text angesprochenen Straße aufklären zu können.

Wir halten fest, dass sich offenbar drei chinesische Staatsbürger auf einer Straße aufgehalten und miteinander kommuniziert haben. Dabei führten sie ein Musikinstrument, genauer, einen Kontrabass mit sich. Worüber sich die drei Männer unterhalten haben, ist ebenso wenig bekannt wie die Gründe des darauffolgenden Polizeieinsatzes.

Möglicherweise hat es eine Ruhestörung gegeben, wobei der Kontrabass – nach allem, was wir wissen – nicht gespielt wurde. Und im Text heißt es auch nicht, dass die drei Chinesen auf der Straße saßen und sich angeschrien hätten. Nein, sie haben sich etwas erzählt, und – da werden Sie mir hoffentlich recht geben – das würde nicht einmal in einer deutschen Provinz wie Tüchersfeld oder Worpswede für eine Ruhestörung reichen.

Was also hat die Polizei auf den Plan gerufen? Warum werden drei chinesische Staatsbürger ohne erkennbaren Grund von Polizeibeamten aufgegriffen?

Wir haben in der Familie lange diskutiert und überlegt. Letztlich scheint nur eine Erklärung wirklich plausibel, nämlich dass es sich um »Racial Profiling« handelt. Erschütternd, aber wohl wahr: Die Chinesen wirken auf die Polizei nur verdächtig, weil sie anders aussehen.

Sie mögen jetzt vielleicht entgegnen, dass nicht das Aussehen, wohl aber das Mitführen eines so sperrigen, unhandlichen Musikinstruments wie dem Kontrabass ausschlaggebend für die polizeiliche Überprüfung war. Doch da müsste ich direkt widersprechen. Denn wie würde der Liedtext lauten, wenn nicht Chinesen, sondern Philharmoniker auf der Straße gesessen hätten?

Drei Philharmoniker mit dem Kontrabass
saßen auf der Straße und erzählten sich was.

Fertig. Mehr würde nicht passieren. Nur wenn eine asiatisch aussehende Männergruppe einen Kontrabass mit sich führt, macht sie sich verdächtig. Wobei es natürlich auch sein kann, dass die Chinesen Philharmoniker sind.

Ich frage mich, hätte das Lied eine andere Wendung genommen, wenn die drei Chinesen statt des Kontrabasses eine Reisschale dabeigehabt hätten?

Drei Chinesen mit der Reisschale
saßen auf der Straße und erzählten sich was.
Da kam der Kunde ran, sagt: »Einmal die 51, bitte!«
Drei Chinesen mit der Reisschale.

Das reimt sich nicht und ist sehr klischeebehaftet, aber immerhin rückt die Polizei in diesem Szenario nicht aus. Wahrscheinlich weil man sich auf dem Revier denkt: »Reis kochen, das kann der Chinese, aber wenn er einen Kontrabass dabeihat, dann schauen wir lieber einmal zu viel als zu wenig nach.«

Das ist doch eine traurige Erkenntnis, Frau Dreier, nicht wahr? Dass es unseren Ermittlungsbehörden zwielichtig erscheint, wenn Chinesen plötzlich etwas anderes mit sich führen als Reis.

Und wenn es in der zweiten Strophe dann lautet:
Dri Chinisin mit dim Kintribiss

lässt es die ganze Angelegenheit nicht weniger rassistisch wirken.

Liebe Frau Dreier, nicht dass wir uns falsch verstehen. Ich habe nichts gegen Rassismus. Aber er muss natürlich gut gemacht sein und die richtigen Leute treffen. Ich bin ja ganz bei Ihnen, dass unsere Kinder möglichst früh ihre Feindbilder kennenlernen. Aber meinen Sie nicht, dass es da geeignetere Personengruppen gibt als die Chinesen? Versuchen Sie es doch mal mit den Russen:

Drei Russen mit dem Putin-Gen

saßen auf der Straße, ohne sich umzusehen.

Da kam die Polizei und fragt:

»Wer hat sich eingehackt ins US-System?«

Drei Russen mit dem Putin-Gen.

Oder Sie nehmen das Lied, das seit einiger Zeit in sächsischen Grundschulen gesungen wird. Das ist weniger rassistisch, bereitet aber auch prima aufs Leben vor:

Drei NSU-Mitglieder mit so Nazisachen

saßen auf der Straße und waren hart am Lachen.

Da kam der Verfassungsschutz und fragt:

»Darf ich mitmachen?«

Vier NSU-Mitglieder mit so Nazisachen.

Die Möglichkeiten sind vielfältig. Sie können auch etwas zu Geflüchteten machen. Da ist es textlich noch irrelevanter was die bei sich haben. Wichtig ist nur, dass die Polizei mit aller Härte durchgreift. Anders als bei Chinesen wundert sich bei Flüchtlingen auch niemand mehr über Polizeiwillkür. Und wenn Sie noch einen lustigen Reim auf »schnelle Abschiebung« finden, dann wird das bestimmt auch bald Pflichtstoff in bayrischen Lehrplänen.

Herzliche Grüße,

Piet Weber

Im Gespräch (U-Bahnhof)

Auf dem U-Bahnhof Bernauer Straße rennt ein Junge den Bahnsteig entlang. Seine Mutter ruft ihn streng zu sich und beginnt zu schimpfen:

Mutter: »Ich möchte nicht, dass du hier rennst. Das ist gefährlich! Hast du mich verstanden?«

Der Junge guckt bedrückt auf den Boden.

Mutter: »Du weißt doch, was Lukas neulich passiert ist, als er im U-Bahnhof gerannt ist.«

Junge: »Er ist hingefallen und hat dann ein Eis bekommen.«

Mutter: »Schluss jetzt!«

Junge: 1

Mutter: o

Weshalb ich in der U8
immer Kopfschmerzen kriege

Ich war neulich in Wittenau. Das ist der Ort, in dem man eigentlich nur landet, wenn man in den Wedding fahren möchte und in der U8 einschläft. Ich bin sonst nie dort und weiß auch gar nicht mehr, was der Grund meines Ausflugs war. Wahrscheinlich war ich mit ein paar Einheimischen zur Wolfsjagd verabredet. Um diesen Stadtteil im Norden Berlins ranken sich Mythen und Legenden. Doch eins ist unstrittig: Den schönsten Moment in Wittenau erlebt man, wenn man es wieder verlassen hat.

Und so stand ich auf dem Bahnsteig des U-Bahnhofs und blickte auf die digitale Anzeige, auf der seit drei Minuten stand, dass die Bahn in Richtung Hermannstraße in vier Minuten kommen würde. Nach weiteren drei Minuten Wartezeit wurden zwei Minuten angezeigt. Dann plötzlich wieder vier. Ich hatte gewonnen und rief: »Bingo!« Die Menschen und der Wolf auf dem U-Bahnhof guckten mich verdutzt an.

BVG-Bingo steckt noch in den Kinderschuhen, wird aber ein voller Erfolg werden. Man bastelt sich eine Karte mit Wartezeitminuten und streicht die Zahlen durch, die beim Betreten des U-Bahnhofes auf der Digitalanzeige stehen oder während der Wartezeit mehrfach auftauchen. Profi-tipp für den Erfolg: seltener die Eins nehmen, häufiger mit der Neun oder Vierzehn arbeiten.

Ein höchstens zwölfjähriger Bengel sprach mich an und fragte, ob ich ihm eine Zigarette geben könne. Eindruck bei Gleichaltrigen schinden, weil man nikotinabhängig ist. Das habe ich noch nie begriffen.

Ich musste damals nicht rauchen, um mir den Respekt meiner Mitschüler zu verdienen, denn ich habe auf dem Schulhof *Bibi-Blocksberg*-Folgen mit Puppen nachgespielt und konnte alle Songtexte der *Backstreet Boys* auswendig mitsingen. Damit war ich der coolste Junge in der Schule.

Gut, das ist gelogen. Meist konnte ich nur den Refrain.

Aber darum geht es ja nicht. Es geht darum, dass auf U-Bahnhöfen das Rauchen verboten ist. Und da kann auch für Kinder keine Ausnahme gemacht werden. Es werden ohne-hin zu viele Ausnahmen für Kinder gemacht. Oder haben Sie schon einmal versucht, die Wurstverkäuferin niedlich anzugucken, um eine zusammengerollte Scheibe Morta-della umsonst auf die Hand zu bekommen? Das funktio-niert irgendwann einfach nicht mehr. Ich hab's oft genug probiert.

Ich drückte dem Jungen eine zusammengerollte Scheibe Mortadella in die Hand, sagte ihm, dass er nicht alles auf einmal wegrauchen sollte, weil Wurstrauchen echt eklig ist, und stieg in die endlich angekommene U-Bahn ein.

Unter den rot blinkenden Signallampen schlossen sich die Türen, und die Bahn schob sich langsam in den Tunnel. Für mich bedeutete das von nun an höchste Konzentration.

An jeder Station lauerten Gefahren: Jederzeit könnte ein Akkordeonspieler den Zug betreten. Und dann muss man auf Zack sein, handlungsschnell agieren und augenblicklich den Waggon wechseln.

Ich war so konzentriert, dass ich nicht mitbekommen habe, wie sich zwei Achtklässler der David-Guetta-Oberschule zu mir in die Sitzgruppe gesetzt hatten.

Erst als einer von ihnen anfing, seinen lausigen Teenagermusikgeschmack durch die knirschenden Lautsprecher seines Mobiltelefons im gesamten Abteil öffentlich aufzuführen, bemerkte ich, in welch auswegloser Situation ich mich befand. Wo ist die GEMA, wenn man sie mal braucht?

Eine glückliche Fügung des Schicksals sorgte dafür, dass die beiden den Zug an der Osloer Straße verließen. Aber die U8 wäre nicht die U8, wenn sie nicht von ganz alleine für Nachschub gesorgt hätte.

Neben mir nahmen zwei Leuchttürme deutscher Rhetorikkompetenz Platz, deren Gespräch nur in Stichworten wiedergegeben werden kann.

»Krass. Schwör mal. Türsteher. Hurensohn. Bombe, Alter. Schwör mal. *Matrix*. Heiße Perlen. Hundesohn. Krass. Ich schwöre auf alles. Schwör mal. Wallah, wie er denkt. Story, Mann. Ich schwöre auf Koran.«

Mein Stichwort! Ich wühlte in meiner Tasche, denn für diesen Zweck habe ich immer eine Pocketausgabe der Heiligen Schrift bei mir. Ich nahm das Buch heraus und hielt es den jungen Männern hin, damit sie auf den Koran einen Schwur leisten konnten. Einen Schwur auf heiße Perlen im *Matrix* und Hurensohntürsteher, was natürlich Themen sind, die Allah mit Sicherheit am Herzen liegen.

»Was soll ich mit dem scheiß Buch, du Schwuchtel?!«, fragte der eine, und beide fingen laut an zu lachen. Danach vertrieben sie ihre Zeit bis zum Ausstieg damit, sich gegenseitig wuchtig mit der flachen Hand auf den Oberschenkel zu schlagen. Selten wurde Freizeit sinnvoller gestaltet.

»Alter, wat riecht'n hier so?«, echauffierte sich plötzlich ein dicker Mann in einem vergilbten Feinrippunterhemd, als wir den U-Bahnhof Alexanderplatz verließen. »Dit is ja widerlich! Wo kommt 'n dit her?« Er konnte sich gar nicht mehr beruhigen und machte als Urheber seines Unwohlseins einen gut gekleideten Herren aus. »Wat dit is, hab ick jefragt!«, schnauzte er ihn an, und kleinlaut gab dieser zurück, dass er gerade zu Hause geduscht habe.

»Wat wäscht du dir denn, bevor du U-Bahn fährst? Bist nicht von hier, wa?! Bist herjezog'n mit dei'm Duschgel und siffst jetze unsere U-Bahn voll!« Der Angesprochene senkte beschämt den Kopf und wechselte an der nächsten Station den Wagen, während eine Punkerin auf dem Boden anfing, ihren Hund mit einem Zerstäuber zu befeuchten, um den Geruch des Duschgels zu überdecken.

Ab dem Hermannplatz drückte ich bis zur Ankunft an der Hermannstraße unentwegt hypnotisch auf den Türknopf. Sehr doll. Mit der Schädeldecke.

Deshalb kriege ich in der U8 immer Kopfschmerzen.

Als ich mal ein Brot kaufte

Ich war neulich beim Bäcker, um mir ein Roggenmischbrot zu kaufen. Das muss ein ganz besonderes Brot gewesen sein. Es wurde bestimmt von einem Biobäcker östlich des Urals aus ausschließlich glücklichem Getreide hergestellt und mit einer ökologischen Pferdekutsche aus Bambus nach Deutschland gebracht. Denn die ansonsten freundliche Bäckereifachverkäuferin wollte für dieses Roggenmischbrot unverschämte 4,50 Euro haben.

Ich stellte meinen mitgebrachten Kasten, in dem sich zwanzig volle Ein-Liter-Flaschen befanden, auf den Tresen und sagte: »Dieses ganze Währungsunionsgedöns war mir schon immer suspekt. Und heutzutage weiß man ja gar nicht mehr, was der Euro morgen noch wert ist und mit welchem Fantasietaler wir dann nächsten Monat den Warenaustausch vollführen müssen. Deswegen bezahle ich ab sofort in Naturalien. Das flüssige Gold des einfachen Mannes.«

Die Verkäuferin guckte mich verdutzt an und stammelte: »Ich, ich ... ich verstehe nicht ...«

Deswegen erklärte ich ihr gerne, was es mit diesen 20 Litern Urin als Zahlungsmittel auf sich hatte.

»4,50 Euro! Das sind umgerechnet 8 Mark und 80 Pfennig. Ich rechne gerne noch in D-Mark-Preise um. 8,80 Mark. Das hab ich als Elfjähriger wöchentlich als Taschengeld bekommen. Und ich kann mich nicht daran erinnern, dass wir Kinder uns jubelnd am Spielplatz getroffen hätten und beschlossen haben, das Geld jetzt in einer Bäckerei auf den Kopf zu hauen.

Wir konnten uns damals am Straßenkiosk noch Wundertüten voller Süßigkeiten für wenige Pfennige zusammenstellen und hatten dann immer noch genug Geld übrig, um auf ein Tamagotchi zu sparen. Was waren das für glückliche Zeiten in den Neunzigern, als ich noch jung war. Wenn ich daran denke, dass heutige Abiturienten ihr Taschengeld nie in D-Mark ausgezahlt bekommen haben, fühle ich mich sehr alt und werde traurig.

8,80 Mark, das sind umgerechnet 8.712 italienische Lire. Diese Italiener ... haben immer auf dicken Max gemacht. Beziehungsweise auf dicken Mario. Da ist man abends mit einem Geldkoffer in die Diskothek gegangen, um sich einen Piccolo und eine Pizza zu kaufen. Also eigentlich nur einen Piccolo, denn Pizza gibt's in Italien ja immer umsonst obendrauf.

Während man hier als Absacker noch einen Sambuca oder Ramazzotti vom Kellner aufs Haus erhält, gibt's in Italien am Ende noch eine Pizza, um die Verdauung anzuregen.

Habe ich bei Ihnen schon einmal eine Pizza dazubekommen, wenn ich hier Brötchen gekauft habe? Nee, hab ich nicht. 4,50 Euro für ein Brot, aber dann nicht mal eine Pizza obendrauf. In was für einem Land leben wir eigentlich?

Woanders, da kriegt man wenigstens noch was für sein Geld.

8.712 italienische Lire, das sind umgerechnet 42.192 Guinea-Franc. Dafür bekommt man in Westafrika zwei Kamele. ›Ohh‹, denken Sie sich. ›Was will ich denn mit zwei Kamelen?‹

Ja, hier nichts. Hier kann man die an einem Nasenring durch den Zirkus ziehen, dicke Kinder darauf reiten lassen und dafür zwei Euro verlangen. Zwar hätte sich die Anschaffung schnell amortisiert, denn bereits nach drei dicken Kindern wär' der Kaufpreis wieder drin. Aber so ein Kamel muss ja erst mal von Guinea nach Deutschland gebracht werden. Außerdem ist die Haltung von Zirkustieren moralisch sehr bedenklich. Deswegen lässt man die Kamele lieber direkt da, denn in Westafrika sind sie nützlich. Da bekommt man für zwei Kamele einen alten, kaputten Pick-up. Für einen alten, aber immerhin fahrtüchtigen Pick-up müsste man vermutlich vier Kamele hergeben. Die würden dann aber nicht 42.192, sondern das Doppelte, also 84.384 Guinea-Franc kosten. Das sind umgerechnet übrigens 3.420 griechische Drachmen. Nur damit man mal 'ne Vorstellung hat.

Also, für vier Kamele bekommt man einen alten, fahrtüchtigen Pick-up in Westafrika. Und weil man sein ganzes Geld in die doofen Kamele gesteckt hat, um ein fahrtüchtiges Auto zu bekommen, fehlt einem nun das nötige Kleingeld, um eben jenes Auto nach Europa zu überführen.«

»Worauf wollen Sie eigentlich hinaus?«, fragte die Verkäuferin unsicher. Aber ich ignorierte sie und fuhr einfach fort.

»Nun hat man 84.384 Guinea-Franc zum Fenster rausge-schmissen. Das sind umgerechnet 32 Zigaretten, was mir relativ egal ist, weil ich Nichtraucher bin. Aber wenn Ziga-retten mal wieder als Zahlungsmittel interessant werden, beispielsweise im Krieg oder im Gefängnis oder im Kriegs-gefängnis, erhält die Umrechnung neue Relevanz.

Dann nämlich kann man Zigaretten gegen Luxusgüter eintauschen. Für drei Zigaretten bekommt man ein Stück Schokolade, für zehn Zigaretten eine ganze Tafel, für zwan-zig Zigaretten ein kleines Fläschchen Schnaps und für 32 Zigaretten ganz viel Schnaps und Kopfschmerzen am nächsten Tag.

Wer auf Schnaps und Kopfschmerzen verzichtet, kann die 32 Zigaretten behalten. 32 Zigaretten, die so viel wert sind wie ein fahrtüchtiger Pick-up, den man gegen vier Ka-mele eintauschen kann. Wenn man zwei der Kamele nach Europa verkauft, wo dicke Kinder ihr Schokoeis auf die Hö-cker kleckern, hat man immer noch zwei Kamele, für die man 42.192 Guinea-Franc bekommt.

Das sind umgerechnet 8.712 italienische Lire, also 8,80 D-Mark, beziehungsweise 1.710 griechische Drachmen, da-mit wir das nicht aus den Augen verlieren.«

»Ja, aber was hat das alles mit diesen ekligen Urinfla-schen zu tun?«, wollte die Verkäuferin wissen.

»Dazu komme ich jetzt«, antwortete ich. »Alles davor war irrelevant, entscheidend ist:

8.712 italienische Lire sind umgerechnet 902 portugie-sische Escudos. Die verdient Cristiano Ronaldo alle 6 Se-kunden. Wenn man bedenkt, dass Säugetiere im Schnitt 21 Sekunden lang urinieren und dabei ca. 300 Milliliter ausscheiden, sind 902 Escudos ganze 85 Milliliter Mittelstrahl von Ronaldo wert.«

»Das ist widerlich!«, sagte die Verkäuferin.

»Schnauze! Ich bin noch nicht fertig!«, sagte ich höflicher, als es gemeint war, und fuhr fort: »Der durchschnittliche deutsche Arbeitnehmer verdient aber pro Sekunde nicht 902, sondern nur vier portugiesische Escudos. Er braucht also 225 Sekunden, um gleichwertigen Urin zu produzieren. Deswegen sind das nicht nur 85 Milliliter, sondern 19,125 Liter. Also sind diese 20 Flaschen mit meinem Urin umgerechnet ungefähr 4,50 Euro wert.«

»Das sehe ich ein«, sagte die Verkäuferin. »Dann bekommen Sie aber noch 875 Milliliter zurück.«

»Das stimmt«, antwortete ich. »Aber wissen Sie was? Sehen Sie es als Trinkgeld. «

»Das sind ja nicht mal 10 Prozent!«, protestierte sie leise und schob versöhnlich hinterher: »Aber ich rege mich nicht auf. Ich möchte ja nicht angepisst wirken.«

Der erste Aufsatz

»Mein Junge, das ist scheiße langweilig! Wenn deine Lehrerin das liest, wird sie einschlafen und sich den Kopf auf der Tischplatte aufschlagen. Ist es das, was du willst?«

Obwohl wir es ihm verboten hatten, hilft Opa meinem Neffen beim Schreiben seines ersten Schulaufsatzes.

»Dann hat sie eine Platzwunde, und dann blutet das. Ganz fürchterlich blutet das. Durchs ganze Klassenzimmer. Überall Blut. Auf dem Boden, auf den Tischen, auf der Tafel. Sogar auf deinem hässlichen Schulranzen. Alles nur, weil du so eine langweilige Geschichte erzählst.«

In dem Aufsatz geht es um die letzten Sommerferien und darum, was mein Neffe so erlebt hat. Opa scheint mit den gesammelten Erfahrungen der letzten Sommerferien nicht einverstanden zu sein.

»Uninteressante Tiere, die du da erwähnst. Richtig uninteressant! Und keins davon stirbt. Nichts passiert!«

Ich gucke auf das Blatt und schaue nach, was mein Neffe bisher geschrieben hat:

»Ich war mit Mama und Papa auf dem Bauernhof von Familie Dannenberg. Da gab es Schafe und Ziegen und Schweine und Hühner und Kühe. Herr Dannenberg war

sehr nett. Frau Dannenberg war auch sehr nett. Sie roch nach Kaffee und Kuchen.«

Ich schlafe ein und schlage mit dem Kopf auf die Tischplatte. Möglicherweise ist es wirklich keine so schlechte Idee, wenn Opa dafür sorgt, dass die Geschichte spannender wird.

»Hier, die Frau Dannenberg, die kannst du doch sterben lassen. Herr Dannenberg könnte sie mit einer Schrotflinte umballern. Peng! Peng!« Vielleicht ist es doch eine schlechte Idee.

Mein Neffe guckt Opa mit großen, feuchten Augen an. Ich glaube, er weint gleich.

»Jaa, na gut. Dann bleibt die Dannenberg halt am Leben. Aber irgendjemand muss doch sterben. Da muss doch mal Zug reinkommen, in die ganze Nummer. Wenn ich Geschichten erzähle, stirbt auch immer wer. Das hat sich bewährt.« Ach ja, Opas Kriegsgeschichten ...

»Wie wäre es mit 'ner Kuh?! Da kann doch ein Puma vorbeikommen und genüsslich so 'ne Kuh reißen.«

»Warum sollte ein Puma das tun? Und wo kommt der Puma überhaupt her?«, werfe ich ein.

»Ja, keine Ahnung. Aus dem Zoo vielleicht. Ist da ausgebrochen, geflüchtet und auf der Suche nach Nahrung auf dem Bauernhof der Dannenbergs gelandet.«

»Aber zwischen dem Zoo und dem Bauernhof liegt ein großer See«, gebe ich zu bedenken. »Da bräuchte er schon ein Boot, um auf die andere Seite zu kommen. Außerdem gibt es in dem Zoo gar keine Pumas. Da gibt es nur Tiger und Löwen.«

»Tiger und Löwen sind das Gleiche!«

»Nein, Tiger und Löwen sind nicht das Gleiche.«

»Doch, doch, doch! Tiger sind weibliche Löwen. Schreib das ruhig auf, Junge! Und Pumas sind schwule Löwen, das kann man schon so sagen. Und weil die schwul sind, reißen sie grundlos Kühe.«

Opa verliert sich ein wenig in seinem bizarren Szenario und beschreibt, wie ein Puma auf den Hof der Dannenbergs kommt, eine Kuh reißt und danach Frau Dannenberg nach Damenunterwäsche fragt. Irritierenderweise schreibt mein Neffe all das tatsächlich fleißig mit.

»Ja, und dann kommt Frau Dannenberg mit dem Apfelkuchen auf die Terrasse. Aber der Puma hat nur Augen für das Sommerkleid von Frau Dannenberg.«

Nun erzählt Opa, wie sich der Puma mit Frau Dannenberg über Mode und Darkrooms unterhält. Wobei Frau Dannenberg zum Thema »Darkrooms« erwartungsgemäß wenig beisteuert. Sie sagt lediglich, dass sie im Dunkeln schlecht sehen könne und deswegen auch ungern nachts Auto fahre. Eigentlich fahre sie überhaupt nicht mehr. Sie habe mal einen Fuchs überfahren. Vielleicht war es auch ein kleines Kind, genau wisse sie das nicht, weil sie Fahrerflucht begangen habe und sie seitdem Schuldgefühle plagen. Deswegen brauche sie das Auto eigentlich auch gar nicht mehr, und der Puma könne es ruhig haben, weshalb dieser die Autoschlüssel nimmt und mit dem Wagen davonfährt. Als Herr Dannenberg das erfährt, sucht er überall nach dem Fahrzeug und bittet auch die Nachbarn, ihm Bescheid zu geben, wenn sie es sehen.

»Ende, mein Junge!«, sagt Opa dann. »Na, dann hol dir mal deine Eins ab.«

Ich lese mir den Aufsatz meines Neffen durch und stelle fest, dass er klingt, als hätte jemand betrunken auf Facebook eine neue Version von »Animal Farm« für besorgte Wutbürger niedergeschrieben:

»*Ich war mit Mama und Papa auf dem Bauernhof von Familie Dannenberg. Alle Tiere da waren am Leben und sehr langweilig. Weil Herr Dannenberg seine Frau nicht mit einer Schrotflinte umgeballert hat, ist ein Puma aus dem Zoo ausgebrochen und mit einem Boot über das Wasser zu dem Bauernhof der Dannenbergs geflüchtet. Weil Pumas schwule Löwen sind, hat er auf dem Bauernhof eine Kuh gegessen. Dann wollte der Puma die Unterwäsche von Frau Dannenberg sehen und hat sie angestarrt. Als der Puma mit Frau Dannenberg in einen Darkroom wollte, hat Frau Dannenberg gesagt, dass sie so spät nicht mehr Auto fährt. Dann ist der Puma mit dem Auto weggefahren. Herr Dannenberg hat nach dem Auto gesucht. Auch den Nachbarn hat er gesagt, dass sie sich melden sollen, wenn sie in der Gegend einen weißen Lieferwagen sehen und ein unbekannter Puma um die Häuser schleicht.*«

»Solange deine Lehrerin nicht George Orwell heißt«, erkläre ich meinem Neffen schließlich, »ist es wohl besser, wenn du einfach nur beschreibst, dass Frau Dannenberg nach Kaffee und Kuchen gerochen hat.«

Eine kritische Annäherung an das Liedgut »An der Nordseeküste« von *Klaus & Klaus*

An der Nordseeküste,
am plattdeutschen Strand,
sind die Fische im Wasser
und selten an Land.

Das Themengebiet rund um Flora und Fauna beschäftigt das Musikerduo *Klaus & Klaus* in zahlreichen Liedern, wie zum Beispiel »Da steht ein Pferd auf dem Flur« (1983), »Auf Mallorca gibt es keinen Baggersee« (1985) oder auch »Der Eiermann« aus dem Jahr 1988, in dem die Haltung von Hühnern in Legebatterien angeprangert wurde.

Die höchste Relevanz haben die beiden Umweltaktivisten Klaus Baumgart und Klaus Büchner jedoch 1985 mit dem Klagelied »An der Nordseeküste« erlangt. Damals, als Klimawandel und Umweltschutz noch langweilige Hobbys für stinkende Hippies waren, wagten die beiden Ausnahmekünstler die Veröffentlichung eines Liedes, das die damaligen Grenzen zwischen seriöser Wissenschaft und musikalischem Klamauk einriss.

Schon die ersten beiden Zeilen trafen die Hörer mit einer vorher nie da gewesenen Wucht:

»Damals vor unendlich langer Zeit,
da machten wir Friesen am Wasser uns breit.«

Rums! Da wurde den Friesen der Spiegel vorgehalten und an die eigene Vergangenheit erinnert. Daran, dass ihre Vorfahren es waren, die die Küste bevölkerten und gewaltsam in die bis dahin unbefleckte, friedliche Natur eindrangen.

Ein Vorwurf, der saß, meint auch Dr. Sören Waterkant, Hausmeister und Professor für Gezeiten an der Universität Husum, der gerne die Geschichte erzählt, wie er das Lied zum ersten Mal gehört hat: »Jau. Ich war grad dran, eine neue Glühbirne oben an die Decke zu schrauben, nä?! Weil das vorher so geflackert hat. Und da hab ich Radio gehört, das weiß ich noch, da lief erst ... ähh ... lief *Modern Talking* – ›Cheri Cheri Lady‹, dann lief Klaus Lage, hier, mit ›1000 Mal berührt, 1000 Mal ist nichts passiert‹, und dann passierte es aber doch. Dann lief: ›An der Nordseeküste‹. Und da musst' ich mich erst einmal hinsetzen. So etwas hatte ich noch nicht gehört.«

Susanne Totenhaupt arbeitete damals bei der Telefonseelsorge Husum und nahm an jenem Nachmittag viele Anrufe entgegen. »Die meisten wollten das Lied direkt verbieten lassen«, erinnert sie sich heute. Wörter wie »Hochverrat« und »Nestbeschmutzer« seien häufig gefallen. So aufgebracht hatte sie die Friesen noch nie erlebt.

Klaus & Klaus lassen den Zuhörern aber auch kaum Luft zum Atmen. Schon in der zweiten Strophe verhöhnen die beiden die Folgen von Naturgewalten durch die lapidaren Zeilen:

»Nach Flut kommt die Ebbe, nach Ebbe die Flut.
Die Deiche, sie halten mal schlecht und mal gut.«

Mal so, mal so. Comme ci, comme ça, wie der Franzose sagt. Die Sturmflut von Hamburg war gerade mal 23 Jahre her, da legen die beiden Schlagerkoryphäen den salzwassergetränkten Finger in die noch nicht ganz ausgetrocknete Wunde. Ein warnender Appell, dass sich die Natur ohnehin zurückholen würde, was ihr einst raubende Norddeutsche genommen hatten.

Auch Gezeitenspezialist Dr. Waterkant muss retrospektiv einräumen, dass *Klaus & Klaus* mit dem Lied Pionierarbeit für seinen Berufszweig geleistet haben: »Ebbe und Flut hat es zwar immer gegeben. Aber so schlau hat das vorher noch niemand auf den Punkt gebracht.«

Klaus Baumgart, alias »Der dicke Klaus«, hätte gerne eine Reihe zum problematischen Thema »Küste und Mensch« gemacht, um noch andere Brennpunkte aufzuzeigen. Die Ostseeküste zum Beispiel hätte seiner Meinung nach ebenso Aufmerksamkeit verdient. Allerdings war Klaus Büchner, alias »Der dumme Klaus«, dagegen, »An der Nordseeküste« für andere Regionen zu adaptieren, da er befürchtete, so die ganze Botschaft des Liedes aufzuweichen.

Ein Zwist, an dem die künstlerische Zusammenarbeit schließlich 1997 zerbrach. Klaus Büchner verließ das Duo und wurde durch Claas Vogt, alias »Der falsche Klaus«, ersetzt.

Seitdem kämpft der studierte Philosoph gemeinsam mit dem alteingesessenen Schlagerklaus auf den Bühnen dieses Landes für einen besseren Umweltschutz. Und der Erfolg ist unbestritten. In den knapp dreißig Jahren, seit es »An der Nordseeküste« gibt, hat sich umweltpolitisch viel getan. Atomausstieg, Energiewende, Hybridautos, und kaum ein Volk hat mit so viel Hingabe Mülltrennung kultiviert wie die Deutschen. Mittlerweile gibt es sogar einen grünen Ministerpräsidenten. Eine Entwicklung, die *Klaus & Klaus* schon früh vorhergesagt haben und warnend vor dem letzten Refrain des Liedes festhielten:

>*Die Schafe, sie blöken wie blöd auf dem Deich.*
>*Und mit schwarz-grünen Kugeln garnier'n sie ihn gleich.*«

Ist eine Koalition von CDU und Grünen nichts weiter als der Unrat einer blökenden Schafherde? Die konservativ-grüne Politik reiht sich für *Klaus & Klaus* in die unheilvoll aufgebaute Aufzählung schlimmer Ereignisse ein. Vom Eindringen des Menschen in die Natur über die überforderten Deiche und todbringenden Sturmfluten bildet sie den krönenden Höhepunkt. Schwarz-grün als Abgesang auf Umweltschutz und Nachhaltigkeit.

Ein klares Statement, das seiner Zeit voraus war. »An der Nordseeküste« hebt den warnenden Zeigefinger und deutet den Menschen an der Küste ebenso wie der großen Politik in Berlin und Brüssel, dass nur durch Rücksichtnahme eine Koexistenz von Natur und Mensch möglich ist. Im Refrain werden die Fische von *Klaus & Klaus* als leuchtendes Beispiel für dieses friedliche Zusammenleben angeführt:

>*An der Nordseeküste, am plattdeutschen Strand*
>*sind die Fische im Wasser und selten an Land.*«

Wir hier, ihr dort. Kommt ab und zu gerne mal vorbei, aber nicht so oft und nicht so lang. Wenn alle nach der Maxime der Fische leben, das vermitteln uns der dicke, der dumme und der falsche Klaus, ist dieser Planet noch zu retten.

Der Biervater

Wenn ich einige meiner Freunde sehen möchte, ist das nur noch im Park möglich. Sie haben sich ein neues Hobby zugelegt, sagen aber, ich solle das nicht immer als »Hobby« bezeichnen und endlich mal ernst nehmen. Aber ich glaube, dass sie das Interesse an ihren Kindern irgendwann auch wieder verlieren werden.

Das ist der sogenannte Tetris-Effekt. Man freut sich über die lustigen Geräusche, darüber, dass da jemand Klötzchen übereinanderstapeln kann, und wundert sich, dass die Zeit so schnell vergeht. Aber meine Freunde haben damals Tetris nach ein paar Mal Spielen auf dem Kinderflohmarkt vor der Schule verkauft. Für 5 Mark, die sie umgehend in Süßigkeiten investiert haben. Und das, was früher Tetris war, sind heute ihre Kinder. Bis sie irgendwann nach Hause kommen und sagen: »Schatz, ich habe den Jungen verkauft, aber schau mal, hier, dafür haben wir jetzt eine Wundertüte mit Gummischlangen und Cola-Crackern. Lecker, lecker!«

Ich lehne das Konzept »Kinder« ja nicht gänzlich ab, hege jedoch gesunde Zweifel.

Meine Freundin und ich haben lange überlegt, ob wir uns ein Kind oder einen Hund anschaffen wollen, alle

Vor- und Nachteile gegenübergestellt und uns schließlich für einen Bierkasten entschieden. So als ersten Schritt, um uns langsam an das ganze Thema heranzutasten. Wenn wir irgendwann elterliche Gefühle für einen Bierkasten entwickeln können, dann sind wir vielleicht auch in der Lage, eigene Kinder gut zu finden.

Und damit ich nicht nur doof nebenherlaufe, wenn ich mich mit besagten Freunden im Park treffe, schiebe ich jetzt immer den kleinen Jever im Kinderwagen vor mir her. Meine Freundin hätte es zwar besser gefunden, wenn er einen Doppelnamen bekommen hätte, aber »Jever Fun« klingt nicht nur scheiße, sondern schmeckt auch so.

Beim Bierkasten waren wir uns immerhin einig, dass wir vorher wissen, was wir bekommen.

So ein Hund neigt ja möglicherweise dazu, anderen Menschen in den Schritt zu beißen. Das kann natürlich mal ganz lustig sein, aber wie häufig läuft einem Björn Höcke schon über den Weg?!

Und bei einem Kind weiß man erst recht nicht, was am Ende bei rauskommt. Mal angenommen, die Genfee hat einen schlechten Tag, und das Kind bekommt ausschließlich die schlechten Eigenschaften von uns. Dann wird es nicht nur nörgelig, faul und egoistisch, sondern auch hysterisch, pedantisch und eingebildet. Und da sind die Gene meiner Freundin noch nicht mal mit drin.

Ihre größte Sorge ist ja ohnehin, dass das Baby nachher gar nicht süß ist, sondern wie ein verschrumpelter Zombiemops aussieht. Das passiert häufiger, als man denkt, nur zugeben möchte das niemand. Beim Babygucken fallen einfach keine Sätze wie: »Ui, ist echt nicht gut geworden, aber vielleicht entknittert das noch und sieht dann zumindest ein bisschen aus wie ein echter Mensch.« Nein! Babys sind wie Tote, über die darf man auch nichts Schlechtes sagen und keine Witze machen. Spaß und Kinder, das scheint einfach nicht zusammenzupassen.

Meine größte Sorge ist ja, dass das Kind einen schlechten Humor hat. Und sind wir ehrlich: Jedes Kind hat eine bedenklich lange Phase, in der es nur unlustige Witze erzählt. Meistens kommt darin ein Fritzchen vor, das irgendwas fragt oder macht, und wenn man dann nach quälend langen Sekunden schlechten Witzevortrags die Pointe hört, lacht man aus Höflichkeit, googelt aber parallel nach Internaten.

Da ist der Hund im Vorteil. Der erzählt keine schlechten Witze, der erzählt gar nichts, der bellt höchstens. Und weil das auch schon sehr anstrengend sein kann, glaube ich, haben wir mit dem Bierkasten alles richtig gemacht. Zumal so ein Bierkasten jedes Mal 3,10 Euro Pfand einspielt, wenn man ihn weggibt. Wenn ich ein Kind weggebe, muss ich es wenige Stunden später wieder abholen und mich dabei auch noch mit der Kindergärtnerin, oder noch schlimmer, anderen Eltern unterhalten. Ich habe das schon einmal ausprobiert und bin vor dem Kindergarten in meiner Straße mit so einer AfD-Mutti ins Gespräch gekommen. Sie erzählte, dass sie ihren kleinen Albrecht abhole und was der schon alles könne, dass er jetzt auch die Nationalhymne auswendig gelernt habe und zum fünften Geburtstag ein Klavier geschenkt bekomme, damit er sich selbst darauf begleiten kann.

Ich habe dann gesagt, dass ich meine Tochter Fatima abhole, die schon ein paar Koransuren auswendig gelernt habe und sich ebenfalls sehr auf ihren fünften Geburtstag freue, weil sie dann endlich ihren ersten eigenen Burkini bekomme.

Den kleinen Albrecht habe ich danach nie wieder gesehen, er hat sich wohl einen neuen Kindergarten suchen müssen.

Solche Gespräche muss man als Bierkastenbesitzer nicht führen. Da ist lediglich wichtig, ob in dem Kasten 0,3- oder 0,5-Liter-Flaschen sind. Zwar kann auch mal eine ethnische Frage aufkommen, etwa wenn jemand wissen möchte, ob das jetzt ein Helles oder ein Dunkles ist, aber ansonsten sind Bierkästen so viel pflegeleichter als Hunde oder Kinder.

Man kann sie alleine zu Hause lassen, ohne Angst haben zu müssen, dass sie auf den Teppich gepinkelt haben, wenn man zurückkommt. Man kann sie in der Ecke stapeln, ohne dass das Jugendamt etwas dagegen hätte. Und ja, allmählich stellen sich echte Vatergefühle bei mir ein, wenn ich mitten in der Nacht aufstehen muss, weil das Bier nach mir schreit. Dann nehme ich ein Fläschchen aus dem Kasten, wiege es stolz in meinen Armen und trinke es in einem Zug aus. Biervater sein ist das Größte.

Im Gespräch (Kino)

Neulich im Berliner Umland an der Kinokasse:

Ich: »Hallo. Zwei Mal *In Zeiten des abnehmenden Lichts*, bitte.«

Verkäufer: »Welcher Film?«

Ich: »*In Zeiten des abnehmenden Lichts.*«

Verkäufer: »Läuft der bei uns?«

Ich: »Ja, in Saal 4.«

Verkäufer: »Saal 4?«

Ich: »Ja, Saal 4!«

Verkäufer zur Kollegin: »Nicole, haben wir einen Saal 4?«

Nicole: »Wieso willste das wissen?«

Verkäufer: »Hier sind welche, die nicht *Baywatch* gucken wollen.«

Brandenburg. Immer ein Erlebnis.

Im Norden nichts Neues

Nun hat es mich auch erwischt. Ich habe Kreuzberg-Verbot. Eingebrockt habe ich mir das natürlich selbst, schließlich habe ich sieben Jahre lang dort gelebt, ohne einen gluten-freien Bio-Acro-Yoga-Kurs besucht oder zumindest einen internationalen Kinderladen eröffnet zu haben, in dem Robespierre und Serafima schon vor dem Frühstück eine Early-Bird-Pilates-Einheit absolvieren können.

Schließlich hatte man mir eine letzte Frist von sechs Wochen gesetzt, in denen ich belegen sollte, dass ich mich doch noch im Bezirk integrieren kann. Dazu hätte ich ent-weder eine Stand-up-Paddling-Tour am Badeschiff mitma-chen oder an internationalen Slackline-Meisterschaften in der Hasenheide teilnehmen müssen. Nennt mich altmo-disch, aber wo wäre der Mensch heute, wenn er im Zuge der Evolution schon früher auf die hirnrissige Idee gekommen wäre, sich auf elastischen Bändern zwischen zwei Bäumen fortzubewegen?

Als ich mich dann auch noch dagegen wehrte, mir eine Zehnerkarte fürs Schwarzlichtminigolf zuzulegen, wurde ich abgeschoben. Nach Reinickendorf. Dem Mecklenburg-Vorpommern Berlins. Der Bezirk, über den alle Witze machen würden, wenn es Spandau nicht gäbe. Nichts gegen Spandau. Ein toller Ort für Leute, die gerne sagen, dass sie in Berlin wohnen, ohne in Berlin zu wohnen. Es gibt hässlichere Flecken in Brandenburg als Spandau. Aber die heißen dann auch Finsterwalde oder Prötzel, wo die aufregendsten Wochen im Jahr jene sind, in denen der Wanderzirkus »Piccolo« dort sein Winterquartier aufschlägt. In den anderen 48 Wochen trifft man sich zum Angeln.

Reinickendorf hingegen hat einen eigenen »Lonely Planet«. Der vierseitige Flyer umfasst alles, was hippe Touristen gesehen haben müssen. Auf der ersten Seite wird über das *Tegler Hafenfest* oder das *Dorfauenfest Alt Hermsdorf* informiert. Seite zwei und drei setzen sich mit dem angesagtesten Club auseinander. Es ist eine Großraumdiskothek, die den schmissigen Namen *Halli Galli* trägt und seit über vier Jahren geschlossen hat. Und am Ende steht, wo man in Reinickendorf ganz coole Bars finden kann: im Wedding.

Wer in Reinickendorf wohnt, hat seinen Lifestyle-Kompass neu justiert. Wer hier einen Schnurrbart und einen Trainingsanzug aus Ballonseide trägt, macht das komplett ironiefrei, heißt Karl-Heinz und studiert ganz bestimmt nicht Produktdesign an der Universität der Künste.

Wenn man gemütlich draußen mit einem Espresso und einer kuscheligen Decke die ersten Sonnenstrahlen des Jahres vor einem Café genießen möchte, dann heißt das Café nicht *Café Honigmilch* oder *Zimt und Zucker*, sondern *Moni's Eisdiele* und hat weder kuschelige Decken noch Sonnenstrahlen. In Reinickendorf scheint keine Sonne. In Reinickendorf regnet es auch nicht. In Reinickendorf passiert einfach gar nichts. Und die Menschen können hier erstaunlicherweise trotzdem überleben. Einige zumindest.

Es heißt, dass es Möwen zum Sterben aufs Meer zieht. Berliner ziehen dazu nach Reinickendorf. Es hat keine zwei Wochen gedauert, da habe ich mich ausgiebig mit den Todesanzeigen in der Tageszeitung auseinandergesetzt. So kann ich schnell in Erfahrung bringen, auf welchem der 19 Friedhöfe des Bezirks zumindest eine kleine Form der Unterhaltung geboten wird.

Reinickendorf, das ist nicht mehr *MyFest* und *Karneval der Kulturen*. Hier gibt es Straßenfasching mit Luftballons und Kinderschminken. Organisiert wird das Ganze von der Freiwilligen Feuerwehr Tegelort gemeinsam mit der Bezirks-CDU. Eine Bezirks-CDU, oder wie man in Kreuzberg sagt: »Eine Bezirks-was???«

Verdrängung läuft in Reinickendorf auch anders als in Kreuzberg. Und mit »anders« meine ich »gar nicht«. Seit vielen Jahren versucht man hier, einen Flughafen loszuwerden, aber das funktioniert einfach nicht.

Das höchste Maß an Gentrifizierung wurde erreicht, als der Ramschladen *Pfennigfuchser* durch den *1-Euro-Shop* ersetzt wurde.

Kurze Irritationen gab es, als der Bezirk ans Internet angeschlossen wurde. Die drei Ws stehen hier seit jeher nicht für »World Wide Web«, sondern für »Wald, Wiesen, Wasser«. Und wenn ich mir meine Nachbarn anschaue, in einigen Fällen auch für »wunderlich«.

Auf jeden Fall sind die Menschen hier sehr naturbezogen. Nirgendwo in Berlin ist es legitimer, Outdoor-Jacken von The North Face oder Jack Wolfskin zu tragen. Die Modelle in Beige und Kaki sind dabei häufig vergriffen, denn das sind die aktuellen Trendfarben in Reinickendorf. Wer hier auf einem Wahlplakat nicht nur eine kakifarbene Jacke, sondern auch einen beigen Anglerhut trägt, hat gute Chancen, aus dem Stand die absolute Mehrheit zu gewinnen. Damit kann sich der Reinickendorfer identifizieren. Hässliche Klamotten und langweilige Hobbys.

Angeln ist so öde, verstaubt, unsexy und retro, dass es nicht mehr lange dauert, bis es die Hipster in Kreuzberg für sich entdecken. Wenn die letzten Slacklines gerissen und alle Yogafiguren durchgetanzt sind, werden sie anfangen, sich in Kursen zu organisieren. Sie werden sonntags um vier Uhr früh aufstehen, um am nebligen Ufer eine Angelschnur in den See zu werfen. Einfach weil man da so super zu sich selbst finden und den ganzen Stress aus der Werbeagentur oder dem Kommunikationswissenschaftsstudium abstreifen kann. Vielleicht kommen sie dazu nach Reinickendorf. Wahrscheinlich fahren sie aber ins Berliner Umland, weil das noch ursprünglicher, noch abgeschiedener, noch hinterwäldlerischer ist. Mit dem Regio kommt man schließlich auch recht schnell nach Spandau.

Krieg und Spiele

Was mir im Privatfernsehen ja immer zu kurz kam, waren junge Mädchen in Bikinis, die ich schamlos angaffen kann. Doch Gott sei Dank habe ich nun *Germany's Next Topmodel* für mich entdeckt. Eine tolle Sendung. Wir brauchen in Deutschland unbedingt mehr Topmodels. Ein Berufsstand, der unabdingbar für das soziale Gefüge ist. Wer braucht Altenpfleger und Erzieher, wenn er Topmodels haben kann? Außerdem tut es einfach mal gut, den ganzen Stress um Frauenquote und Gleichberechtigung beiseitezuschieben und Frauen endlich mal wieder nur auf ihr Äußeres zu reduzieren.

Was mir im öffentlich-rechtlichen Fernsehen ja immer zu kurz kam, waren Preisverleihungen zu wichtigen Themen.

Natürlich, *Echo, Goldene Kamera* und der *Deutsche Fernsehpreis* sind sehr spannende Veranstaltungen für das deutsche Kulturgut.

Ebenso deutsches Kulturgut ist es, Waffen zu exportieren, damit anderswo auf der Welt Konflikte möglichst wirksam ausgetragen werden. Deswegen wünsche ich mir, dass Barbara Schöneberger in Zukunft den *Goldenen Panzer* moderiert. Eine Auszeichnung für besonders gelungene Kriege.

Ich stelle mir das so vor:

Auf ProSieben präsentiert Heidi Klum die erste Challenge für die Mädchen: Sie müssen sich mit einer rostigen Kette an einem Hubschrauber befestigen lassen, um ein atemberaubendes Shooting in luftiger Höhe durchzuführen. Eine alltägliche Aufgabe im Topmodel-Business, wie Heidi erklärt. Außerdem würden die Mädels so an ihre Grenzen gebracht werden. Leider fliegt der Helikopter ein bisschen zu tief, sodass sich eines der armen Mädchen ihren schönen Kopf heftig an einer Straßenlaterne stößt. »Hurra!«, jubelt Heidi. »Das ist mir auch schon oft passiert.«

Im ZDF wird die erste Auszeichnung des Abends verliehen. In der Kategorie »Größte Enttäuschung der letzten 100 Jahre« geht der Kalte Krieg als traurig strahlender Sieger hervor. Begründung der Jury: Der Spannungsbogen wurde mehrmals überdehnt.

Mauerbau und Kubakrise hätten schöne Ansätze gehabt, aber so richtig zu Ende gedacht hatte das Ganze halt niemand. 245 Mauertote zwischen den Jahren '61 und '89. Das macht 9 Tote pro Jahr. Da ist jede Grippewelle ergiebiger.

Bei den Topmodels heißt die große Enttäuschung Natascha. Natascha hat einen Nervenzusammenbruch, was eigentlich alle ganz geil finden, weil die Kameras nah dran sind, als das 16-jährige Mädchen in Tränen ausbricht. Vorher hat sie sich geweigert, eine alltägliche Aufgabe im Topmodel-Business zu meistern und an ihre Grenzen zu gehen. Sie sollte für ein atemberaubendes Shooting auf einem hungrigen Löwen reitend durch einen brennenden Reifen springen. So etwas ganz Ähnliches hat Heidi auch schon mal gemacht, sagt sie. Nur war der Löwe ein Pony und der brennende Reifen ein Streichelzoo bei Köln. Ansonsten aber die identische Szene. Wenn sie sich damals so angestellt hätte, wäre aus ihr kein Superstar geworden und sie würde heute noch in Bergisch Gladbach leben.

Deswegen steht in Bergisch Gladbach ein Denkmal zu Ehren des Ponys.

Tränen und lange Gesichter auch im ZDF. In der Kategorie »Krieg international« geht der 1. Weltkrieg leer aus, obwohl er doch als Vorreiter einer Idee gilt, die es so vorher noch nicht gegeben hat. Ein Weltkrieg, klasse. Richtig viele Länder, miteinander, gegeneinander. Luftkrieg, Seekrieg, bumm, bumm, viele Tote, alles dabei.

Abgeräumt hat aber der zweite Teil. Ein echter Kassenschlager, der das Publikum nicht nur vier, sondern sogar sechs Jahre lang für seine Sache begeistern konnte. Wann hat man das schon, dass die Fortsetzung erfolgreicher ist als das Original? Til Schweiger versucht das ja beharrlich. Mit *Zweiohrküken* zum Beispiel. Und wenn man den gesehen hat, fühlt man sich zumindest wie Dresden '45.

Am Ende des Abends wird der *Goldene Panzer* noch in der Kategorie »Newcomer« verliehen. Der Preis geht an Russland und die Ukraine. Laudatorin Heidi Klum begründet die Entscheidung damit, dass die Shootings echt atemberaubend sind und Russland seine Grenzen immer wieder neu definiert.

Germany's Next Topmodel befindet sich derweil auf einem guten Weg, das nächste Mal selbst beim *Goldenen Panzer* berücksichtigt zu werden. Das Konzept mit dem militärischen Drill der unter 18-jährigen Frauen müsste einfach noch ein bisschen weiter in den Fokus gerückt werden. Es geht nichts über gehorsame Kinder, die zu allem bereit sind. Je widerstandsloser die Minderjährigen sind, desto besser kann man sie auch an internationale Kunden vermitteln und sie so ins Ausland exportieren.

Vielleicht schaffen wir es dann, Waffen- und Kinderexporte auf eine Stufe zu stellen.

Wir könnten drittgrößter Kinderexporteur der Welt werden. Die Nachfrage nach Smartphones steigt? Wir exportieren fleißige, kleine Hände nach China, um die Produktion zu beschleunigen. Der neue Adidas-Schuh wird in Bangladesch zusammengeklebt? Wir sorgen dafür, dass auf dem Produkt »Made by Germans« stehen kann.

Während die Kinder wertvolle Auslandserfahrungen sammeln, werden in Deutschland wieder Kitaplätze frei. Die Zeit überfüllter Schulklassen ist vorbei, und es gibt weniger lärmende Kinder auf Spielplätzen, die die Produktivität in den umliegenden Büros stören.

Ist es moralisch verwerflich, Kinder ins Ausland zu exportieren, nur weil es gut für unsere Wirtschaft ist? Aber nein! Wenn wir die Kinder nicht exportieren, dann machen halt andere Kinder den Job. Das hilft ja auch keinem. Und wenn in Deutschland über 300.000 Arbeitsplätze an diesen Exporten hängen, dann kann man das ja nicht so einfach einstellen. Dann schaut man mal, dass man das ein bisschen reduziert und kontrolliert, dass die Kinder nicht in falsche Hände geraten. Aber sich komplett aus dem Kinderhandel zurückziehen, das ist dann natürlich nicht mehr möglich. Und ich verstehe nicht, warum wir uns zwar eine florierende Rüstungs- und Waffenindustrie aufbauen durften, aber bei Kindern eine rote Linie überschritten würde. In anderen Teilen der Welt ist das schließlich auch kein großes Problem. Und Globalisierung heißt auch, sich den internationalen Gegebenheiten anzupassen. Es werden Potenziale verschenkt, man ruht sich auf den Erfolgen der Waffenexporte aus. Wobei man zugeben muss, dass diese natürlich beachtlich sind. So beachtlich, dass ich glaube, dass der *Goldene Panzer* für die »Beste Nachwuchsarbeit« sehr gute Chancen hat, demnächst an die Bundesrepublik Deutschland zu gehen. Atemberaubende Aussichten.

Das Reisetagebuch

Tag 1:

Wenn man das Vergnügen hat, von Berlin in ein anderes Land zu reisen, dann fährt man entweder mit seinem tiefergelegten Golf GTI hinter die polnische Grenze, um Benzin zu kaufen, oder man begibt sich auf einen der beiden prachtvollen Flughäfen, die zum gemütlichen Verweilen einladen. In diesem Fall musste ich mit meiner Freundin nach Schönefeld fahren, der Flughafen, der den Charme eines ehemaligen polnischen Grenzübergangs hat und bei dem man Sorge haben muss, von der Stasi verhört zu werden, wenn man auf dem Weg zum Gate einmal falsch abbiegt.

Jetzt sitzen wir in einer Maschine der bei Spätkapitalisten sehr beliebten Fluggesellschaft Ryanair, die schlicht und ergreifend den günstigsten Preis angeboten hatte. So günstig, dass ich mich nach der Landung dazu entschließe, dem Personal ein wenig Applaus zu spenden. Schließlich ist Applaus das Brot des Ryanair-Piloten.

Tag 2:

Nachdem wir das Flugzeug verlassen hatten, kam es gestern am Flughafen in Athen noch zu einem preußischen Vorfall.

Ein Urlauber verzweifelte an den mangelhaften Deutsch-kenntnissen des griechischen Flughafenpersonals. »Mein Koffer ist nicht da!«, rief er einer Frau zu, die gerade aus einer Tür neben dem Gepäcklaufband kam, ihn allerdings trotz seines wütenden Auftretens ignorierte. »Mein Koffer ist nicht da, Herrgott noch mal!«, brüllte er ihr nach und schob einen Satz hinterher, in dem drei Wörter vorkamen, von denen ich überzeugt bin, sie im Laufe des Urlaubs noch häufiger hören zu müssen: »Von unseren Steuergeldern!« In diesem Kontext lautete es: »Von unseren Steuergeldern werden diese unverschämten Pleitegriechen schließlich fi-nanziert.« Während ich mir dachte, dass der Mann offenbar weiß, wie man Urlaub macht, kam die Flughafenangestell-te zurück, um nach dem Damen- nun das Herrenklo zu putzen. Kurz danach setzte sich mit einem leichten Surren das Gepäcklaufband in Bewegung, auf das sich sodann die ersten Koffer aus den Tiefen des Flughafens schoben. Der wütende Mann machte mit einem zufriedenen »Na, geht doch!« deutlich, dass er höchstpersönlich dafür gesorgt hat-te, dass der Grieche an sich nun endlich zu so etwas wie einer Arbeitsmoral gefunden hat. Sein Hartschalenkoffer war groß, braun, kam als dritter aufs Band und war mit Aufklebern seiner bisherigen Urlaubsziele dekoriert. Ich konnte mindestens fünf Mallorca- und drei Fuerteventura-Sticker erkennen. Außerdem einen, der wie ein deutsches Ortsschild aussah, auf dem »Bottrop« geschrieben stand. Ein wahrer Weltenbummler.

Inzwischen befinden wir uns auf der Fähre, die uns auf die Insel Naxos bringt. Beziehungsweise »Nacktzos«, wie es der wütende Mann ausspricht, flankiert von einem Altherrengrunzen. Er scheint seine Wut allmählich ablegen zu können und in den Urlaubsmodus zu gelangen. Eine unangenehme Entwicklung.

Tag 3:

Wir haben ein traumhaftes Zimmer mit Meerblick im *Beach Hotel Naxos*. Das ist insofern erstaunlich, als dass unser Hotel bei der Buchung noch *Sunset Hotel Naxos* hieß. An der Rezeption hat man uns aber erklärt, dass sich der Name seit unserer Buchung geändert habe. Vor zwei Monaten habe man auch schon *Boutique Hotel Naxos* probiert, was aber die Urlauber verwirrt hätte, weil sich keine 200 Meter weiter die *Holiday Studios Naxos*, die vorher *Relax Studios Naxos* hießen, in *Boutique Studios Naxos* umbenannt hätten. Nun also *Beach Hotel Naxos*, direkt neben dem *Paradise Club Naxos*, in dem der wütende Mann residiert.

»Von unseren Steuergeldern!«, hatte er zuvor noch zwei weitere Male gebrüllt. Ich werde von nun an eine Strichliste darüber führen. Einmal rief er es auf der Fähre, als die Sicherheitshinweise auf Griechisch, Englisch, Französisch und Spanisch, nicht aber auf Deutsch durchgesagt wurden, und noch einmal, als wir uns zu acht in einen für acht Personen ausgelegten Minibus setzen mussten, der uns zu den Hotels brachte. Wenn der Urlaub vorbei ist, wird der wütende Mann erst mal Urlaub brauchen.

Tag 4:

Die Sonne scheint, es sind 28 Grad Celsius, und gerade schallte zum zweiten Mal an diesem Tag die Musik vom *Paradise Club Naxos* herüber, die zum Clubtanz animiert.

Erste Urlauber unseres Hotels fangen an, auf den Sonnenliegen mit dem Fuß mitzuwippen.

In unserem Pool treibt einsam ein pinker, aufblasbarer Flamingoschwimmring, der von bereits abgereisten Hotelgästen zurückgelassen wurde. Er sieht traurig aus. Ich nenne ihn »Flamingo-Flori« und behandle ihn wie ein Haustier, das ich nie hatte. Die anderen Hotelgäste finden mein Benehmen merkwürdig. Meine Freundin inklusive.

Tag 5:
Andere deutsche Urlauber erkennt man spätestens an den weißen Schirmmützen mit Deutschlandflaggenaufdruck, die sie auf ihrer Halbglatze spazieren tragen. So auch der Mann, der ein bisschen wie Martin Schulz aussieht. Ich frage mich, ob Martin Schulz seine merkwürdige Kopfform auch mit einer solchen Mütze bedeckt, wenn er im Urlaub ist. Bei Angela Merkel weiß man ja ziemlich detailliert, wo und wie sie zu urlauben beliebt. Für gewöhnlich in Funktionsjacke durch Südtirol wandernd. Aber wie gestaltet der SPD-Vorsitzende seine Ferien? Ich stelle mir vor, wie er mit der Deutschlandmütze beim Clubtanz in der zweiten Reihe alle Figuren bedingt stilsicher ausführt, sich anschließend am Mittagsbüfett für das Wiener Schnitzel anstellt und allen in der Schlange erzählt, dass er mal Bürgermeister von Würselen war.

Tag 6:
»Flamingo-Flori passt jetzt auf uns auf«, erkläre ich meiner Freundin, als sie mich fragt, warum der alberne Schwimmring vor unserem Hotelzimmer liegt. Sie scheint von dem

Konzept des Wachflamingos nicht überzeugt werden zu können und schlägt mir einen Kompromiss vor: Ich soll den Flamingo zurück zum Pool bringen, und dafür verlässt sie mich nicht. Ich wiege die Vor- und Nachteile ab, lasse mich aber schließlich auf den Deal ein.

Tag 7:
Heute ist »Kalimera-Tag«. Er wechselt sich immer mit dem »Calamari-Tag« ab. Eines von beidem heißt auf Griechisch »Guten Morgen«, das andere ist ein Tintenfischgericht. Da ich mir nicht merken kann, was was ist, begrüße ich die Kellner beim Frühstück an dem einen Tag mit einem freundlichen »Calamari«, am anderen mit »Kalimera«. Meist lässt sich an der Reaktion feststellen, ob ich bei der Belegschaft für den Rest des Tages der absonderliche Tintenfischdeutsche bin oder ein freundlicher Tourist, der sich zumindest ein, zwei Vokabeln der Landessprache merken kann.

Doch an diesem Morgen beantwortet der Kellner mein »Kalimera« mit einem »Calamari« und lächelt dabei gleichsam freundlich wie listig. Wir gucken uns herausfordernd und tief in die Augen.

Erst als ein lautes »Guten Morgen!« im Frühstücksraum ertönt, löst der Kellner seinen Blick von mir, um genervt mit den Augen zu rollen. Martin Schulz hat den Raum betreten und sich typisch deutsch verhalten. Wer sonst würde auf die Idee kommen, die Menschen im Urlaubsland in seiner eigenen Sprache anzusprechen? Sich nicht die Mühe machen, dem Gastgeber ein bisschen entgegenzukommen, und sei es, indem man sich auf eine gemeinsame fremde

Sprache wie Englisch einigt? So viel Ignoranz ist wahrlich nur den Deutschen vorbehalten.

»Bonjour!«, sagt kurz darauf ein Ehepaar beim Eintreten, geht zum Büfett und legt sich ein bisschen Baguette mit Käse auf den Teller.

Tag 8:

Unser Hotel heißt seit heute *White Sand Hotel Naxos*, was zu einem handfesten Streit zwischen meiner Freundin und mir führt. Ich vertrete den Standpunkt, dass das Hotel so nicht heißen dürfe, weil der Sand am Strand überhaupt nicht weiß ist. Meiner Freundin hingegen ist das alles herzlich egal, und sie fragt, wo wir heute Abend essen gehen wollen. Ich liebe unsere Streitkultur.

Die Hotelleitung hat uns gebeten, alle Produkte in unserem Zimmer, auf denen noch *Beach Hotel Naxos* steht, zu vernichten. Ich verhalte mich schlau und schlage gleich drei Fliegen mit einer Klappe, indem ich mit den gelabelten Streichhölzern die alten Hotelbademäntel verbrenne. Die Aktion hat darüber hinaus auch bewiesen, dass Rauchmelder und Sprinkleranlage im Zimmer einwandfrei funktionieren.

Ich packe jetzt meine Sachen, weil wir aus Feuchtigkeitsgründen in ein anderes Zimmer umziehen müssen.

Tag 9:

Meine Bachelorarbeit »Der deutsche Urlauber – soziokulturelle Spezifikationen bei erhöhter UV-Belastung« ist um das Kapitel »Das Souvenir-T-Shirt« reicher.

Erwachsene Männer, die in heimischen Gefilden schon

mal ein Poloshirt tragen, wenn es lässig aussehen soll, kaufen sich fernab der eigenen Doppelhaushälfte ein T-Shirt, auf das die Landkarte des Urlaubsortes gedruckt ist. Martin Schulz läuft jetzt nicht mehr nur mit seiner Deutschlandmütze durch die Hotelanlage, sondern auch noch mit einer detailgetreuen Karte der Insel auf der Brust.

Auf ihr sind alle größeren Städte, Sehenswürdigkeiten und Hauptstraßen von Naxos verzeichnet. Das kann praktisch werden, falls er mal einen Ausflug macht und Google Maps nicht funktioniert. Dem T-Shirt ist zu entnehmen, dass man einen gut gefüllten Teller Gyros im Norden, unweit der Stadt Koronida, findet, freundlich lächelnde Delfine kann man wohl südwestlich der Insel in der Ägäis antreffen.

Es gibt Fußballspieler, die tätowieren sich ihren eigenen Vornamen auf den Unterarm. Warum sollten sich ältere Herrschaften dann keine T-Shirts zulegen dürfen, die sie daran erinnern, wo sie gerade sind?!

Tag 10:
Die Strichliste verzeichnet mittlerweile zwölf Einträge. Ein Ehepaar aus Baden-Württemberg, das vor allem dadurch auffällt, dass es alle Preise laut in D-Mark umrechnet, war in den letzten Tagen fleißig am Lamentieren. Den aktuellsten hat aber der wütende Mann gestern in der Stadt beim Abendessen im Restaurant hinzugefügt. Er saß einige Tische von uns entfernt, als er die Rechnung bekommen, laut lachend dem Kellner auf die Schulter geschlagen und erklärt hat, dass er das Essen ja schon durch seine Steuergelder finanziert hätte.

Am Ende wollte er sich noch einen Bewirtungsbeleg ausstellen lassen. Wenn ich den Kellner richtig verstanden habe, heißt Bewirtungsbeleg auf Griechisch »Fuck you«.

Tag 11:

Alle Hotelgäste, die seit mindestens einer Woche da sind, können ihre Uhr danach stellen, wenn die Tanzmusik aus dem benachbarten *Paradise Club Naxos* erklingt. Immer pünktlich um 12, 15 und 19:30 Uhr. Am Wochenende auch noch mal um 21 Uhr. Einige von ihnen stehen sogar extra von ihren Liegen auf und tanzen mit. Ich hingegen lasse mich mit einem Cuba Libre in der Hand auf Flamingo-Flori im Pool treiben und schaue Martin Schulz dabei zu, wie er jetzt schon das vierte Buch in diesem Urlaub liest. Zuerst hatte er »Illuminati« von Dan Brown gelesen. Als er damit fertig war, folgten »Sakrileg« von Dan Brown und »Inferno« von Dan Brown. Aktuell liest er »Resturlaub« von Tommy Jaud, und auf dem Tischchen neben seiner Sonnenliege stapeln sich noch »Einen Scheiß muss ich« von Tommy Jaud und »Hummeldumm« von Tommy Jaud.

Das Konzept Urlaub wurde in Deutschland offenbar nur erfunden, damit Dan Brown und Tommy Jaud Abnehmer für ihre Bücher finden.

Tag 12:

Heute haben wir ein Auto gemietet, um ein wenig die Gegend zu erkunden. Auch wenn man es auf den ersten Blick nicht glaubt: Die Insel ist genauso groß wie Templin in der Uckermark und infrastrukturell ähnlich verkommen. Wer des griechischen Alphabets nicht mächtig ist, sollte zumindest dafür Sorge tragen, dass das Smartphone während eines solchen Ausflugs betriebsbereit bleibt, damit man sich mithilfe von Google Maps stets zurechtfinden kann.

Long story short: In einem kleinen Ort im Osten der Insel habe ich an einem Souvenirstand ein Naxos-T-Shirt gekauft, um uns zurück zum Hotel zu navigieren.

Tag 13:
Flamingo-Flori ist tot. Als ich heute Morgen, wie jeden Morgen, vor dem Frühstück bei ihm vorbeigehen und ein bisschen Luft nachpusten wollte, fand ich ihn völlig erschlafft einige Meter vom Pool entfernt auf einer Wiese liegend vor. Jemand hatte offenbar einen scharfen Gegenstand zu stark an seinen langen Hals gedrückt. Was für echte Flamingos zumindest unangenehm ist, war für Flamingo-Flori schlichtweg tödlich. Nachdem ich meiner Freundin von meiner grausigen Entdeckung berichtet und meinen Verdacht geäußert hatte, dass Martin Schulz mit den unschönen Vorkommnissen zu tun haben könnte, gab sie unumwunden zu, dass sie es war, die dem (O-Ton) »beschissenen Kackflamingo die Kehle aufgeschlitzt« hat.

Da wir morgen abreisen, stelle ich die Sinnhaftigkeit ihrer bösartigen Aktion infrage. Aber sie sagt, dass es ihr lediglich um die Geste ging.

Tag 14:
Als wir vor unserer Reise das *Sunset Hotel Naxos* gebucht hatten, hätten wir wirklich nicht erwartet, dass wir am Ende im *Panorama Hotel Naxos* auschecken würden. Die

kurzfristige Namensänderung erklärte die Hotelchefin mit einem Missverständnis. Sie habe eigentlich den Namen *Blue Water Hotel Naxos* in Auftrag gegeben, aber irgendwie sei durch das Stille-Post-Prinzip am Ende aus »Blue Water« »White Sand« geworden.

Wo genau der Fehler passiert sei, ließe sich nicht mehr rekonstruieren, aber mittlerweile ginge *Blue Water Hotel Naxos* auch nicht mehr, weil vor wenigen Stunden am anderen Ende des Strandes die *Blue Water Appartements Naxos* eröffnet hätten. Und »White Sand« wäre ja Quatsch, da der Sand am Strand gar nicht weiß ist. Ich werfe meiner Freundin einen Blick zu, der so viel heißen soll wie: »Ich hatte recht, ätschibätsch!«, sie aber hat keine Ahnung, worum es geht, und fragt mich, warum ich so komische Gesichtszuckungen habe.

Auch beim Rückflug verzichten wir nicht auf die Service-Airline Ryanair. Da wir nicht bereit waren, 15 Euro extra für das Sicherheitsinformationspaket zu zahlen, wurden uns die Augen verbunden, während die Crew demonstriert hat, wie Schwimmweste und Sauerstoffmaske zu bedienen sind. Mit »Crew« sind der Pilot und sein Assistent gemeint, die aufgrund von Sparmaßnahmen nun alle anfallenden Aufgaben an Bord selbst übernehmen müssen. Als das Flugzeug die Reiseflughöhe von 13.000 Metern erreicht hat und die Anschnallzeichen erloschen sind, kündigt unser Kapitän Stolberg an, dass er und sein Kollege nun durch die Reihen gehen werden, um Kaffee, Tee und Erfrischungsgetränke zu verkaufen. Während der erste Offizier die Reihen 1 bis 15 bedient, werden wir weiter hinten vom Co-Piloten versorgt. Dieser erledigt seine Aufgabe so gut, dass einige

Reisende Stein und Bein schwören, dieser Mann wäre auf ihrem Hinflug noch der Chef des Kabinenpersonals gewesen.

Nach der Landung in Schönefeld wird der wütende Mann auf dem Weg zur Gepäckausgabe von einem Zollbeamten angesprochen, in einen Nebenraum geführt und sehr wahrscheinlich von der Stasi verhört. Sein großer, brauner Hartschalenkoffer landet diesmal sogar als erster auf dem Laufband. Direkt unter dem Bottrop-Sticker sehe ich freundlich lächelnde Delfine und einen gut gefüllten Gyrosteller. Was auch immer mit dem wütenden Mann hinter den mystischen Türen des Flughafens Schönefeld passiert ist: Sein Koffer ist mit dem Naxos-Aufkleber auf dem aktuellsten Stand und bereit für die nächste Reise.

Die Pizzabestellung

»Firma Hubertus Sanitär und Pizza Roma, juten Tach!«

»Ähh, ja, hallo. Ich würde gerne eine Pizza bestellen.«

»Wat soll'n dit für 'ne Pizza werden?«

»Eine Pizza Salami, bitte.«

»Is dit die mit Ananas?«

»Nein. Pizza Salami ist die, auf der Salami drauf ist. Eigentlich 'ne ganz einfache Eselsbrücke. Die mit Ananas heißt Pizza Hawaii. Aber ich mag Ananas auf Pizza nicht.«

»Wat interessiert mir, wat Se mögen und wat nich? Ick erzähl Ihnen doch ooch nich, dass ick Kreuzworträtsel mag.«

»Ja, stimmt. Tut mir leid. Also, ich würd' jetzt gerne ...«

»... obwohl! Hier komm ick grad nich weiter. ›Nicht klug, ungebildet‹ mit vier Kästchen. Ick hab ›RTL‹ jeschrieben, aber da fehlt noch 'n Buchstabe.«

»RTL2!«

»Dit isses. Bist 'n schlauet Bürschchen!«

»Ja, danke. Also könnt' ich jetzt eine Pizza Salami mit Salami und ohne Ananas bekommen?«

»Kostet 50 Euro plus Märchensteuer. Ick sach ja immer Märchensteuer. Weeß ja keener, wat mit dem janzen Geld passieren tut.«

»50 Euro?! 6,50 Euro steht auf Ihrem Flyer, der heute in meinem Briefkasten war. Obwohl auf dem Briefkasten steht: ›Bitte keine Werbung einwerfen!‹«

»Kann ick ja nichts für, wenn Se sich so undeutlich ausdrücken.«

»Wie bitte?«

»Na, machen Se halt klare Ansagen. Keen Wischiwaschi, ›Bitte‹ hier und ›Bitte‹ da. Wat glooben Se denn, wat hier los wäre, wenn im Jesetz stehen würde ›Bitte nicht über rote Ampeln fahren‹ oder ›Bitte nicht morden‹? Da könn' wa'n janzen Laden hier gleich dicht machen.«

»50 Euro für 'ne Pizza Salami. Dann ist die Salami aber halb-halb, oder? Also halb Schweinchen Babe und halb Blattgold. Anders ist der Preis nicht zu erklären.«

»Nee, janz normale Pizza, janz normale Bedingungen. Anfahrt berechnen wa pauschal mit 20 Euro. Dazu kommen dann Materialkosten und jede anjefangene Stunde, die unser Mitarbeiter bei Ihnen ist, liegt bei 25 Euro. Macht also 50 Euro. Netto. Lieferzeit ist immer zwischen 8 und 16 Uhr. Jenauer kann ick Ihnen dit leider nich sagen, wegen Verkehr und so. Außerdem ham wa vorher vielleicht noch 'n Kunden, bei dem et aus'er Wand tropft oder dit Klo verstopft ist. Weeß man ja nie, wo et bei den Leuten gerade drückt.«

»Was sind Sie denn für ein Lieferservice?«

»Hubertus Sanitär und Pizza Roma. Wir machen Sanitär und Pizza.«

»Sanitär und Pizza scheint mir eine sehr seltsame Geschäftskombination zu sein.«

»Janz normal. So wie Schlüssel und Schuhe. Oder Jetränkemarkt und Postfiliale. Es jibt nüscht mehr, wat es nich jibt. Oder dit hat's allet schon immer jejeben, hieß früher aber anders. Neulich hab ick zum Beispiel 'n Restaurant jesehn, die hatten Sushi und Burger. Ham wa früher ›Fischbrötchen‹ jenannt, aber heute muss dit allet Namen wie aus tausendundeener Nacht haben.«

»Aha. Aber noch mal zu dem Preis. Also, 50 Euro ist mir dann doch zu viel für eine Pizza. Für so viel Geld würde ich schon erwarten, dass Sie mir die Pizza in einer *Benjamin-Blümchen*-Torte liefern, aus der Sie dann herausgesprungen kommen und ›Happy Birthday‹ für mich singen. Auf Hebräisch.«

»Sie haben Jeburtstag? Und dann bestellen Se sich 'ne Pizza? Dass dit janz schön traurig klingt, wissen Se, oder?«

»Nein, ich habe nicht Geburtstag! Ich wollte damit nur ...«

»Warum soll ick denn dann ›Happy Birsday‹ für Sie singen? Und dit ooch noch uff Hebräisch, wo ick doch ja keen Hebräisch kann. Ham wa nich jelernt damals im Osten. Wir hatten ja nüscht. Klar, bei Ihnen im reichen Westen jab et immer frischet Obst und Hebräischunterricht nach der Klavierstunde. Aber ick war froh, wenn die Mutti uns am Sonntag zum Nachtisch Kartoffelschalen zum Ablutschen jegeben hat. Nur konnt' ick mir davon ooch nüscht koofen. Dann kam die Westmark, und jetz ham wa den Teuro. Ick sach ja immer Teuro. Seit 15 Jahren. Stimmt ja ooch. Früher hat man zum Beispiel für 'ne Pizza noch 6 D-Mark bezahlt, heute kostet dit 50 Euro. Kann sich doch keener leisten, Mensch!«

»Ich hätt's nicht schöner sagen können. Kann ich jetzt 'ne Pizza für 6 D-Mark haben?«

»Wo müssen wa dafür denn überhaupt hin? Erst mal kieken, ob dit im Lieferjebiet liegt.«

»In die Reuterstraße 51.«

»Reuter mit ›f‹?«

»Wo soll denn da ein ›f‹ sein?«

»Weeß ick doch nich! Hinterm ›o‹ vielleicht?«

»Bei ›Reuterstraße‹ gibt es kein ›o‹!«

»Dann halt hinterm ›u‹?«

»Dann hieße es aber ›Reufterstraße‹. Kennen Sie eine Reufterstraße in Berlin?«

»Nee. Aber ick kenn ooch keene Reuterstraße. Hab's nicht so mit Erdkunde.«

»Sie werden ja wohl ein Navigationssystem haben. Da geben Sie dann ›Reuterstraße 51‹ ein.«

»Gloob ick nich dran.«

»Bitte?«

»An Navigationssysteme. Da gloob ick nich dran. Von meinem Schwager die Nachbarin, die ist Friseurin. Die hatte mal 'nen Kunden, und dem sein Bruder is wegen so 'nem Navi in 'nen Fluss jefahren. Technik kann ja nun ooch nich die Antwort uff alle Fragen sein.«

»Dann nehmen Sie halt einen Stadtplan und suchen sich das raus.«

»Moment. Hier. ›Plural von Salat‹ mit sechs Buchstaben. Wenn ›RTL2‹ stimmt, ist der erste Buchstabe 'ne ›2‹.«

»2Salat!«

»Wir sind 'n richtig jutet Team.«

»Ein richtig gutes Team wären wir, wenn ich Pizza bestelle und Sie die dann auch liefern würden. Aber das scheint ja nicht möglich zu sein.«

»Wissen Se, wat nich möglich is? Seinen eigenen Ellenbogen mit der Zunge berühren. Dit is nich möglich.«

...

»Stimmt!«

»Haben Se grad versucht, wa?! Dit is immer so: Wennde den Leuten sachst, wat nich jeht, dann machen die dit erst mal.«

»Pizza machen und liefern geht nicht!«

»Blitzjescheit biste! Also: eene Pizza mit Salami in die Reufterstraße.«

»Reuterstraße! Reuterstraße 51!«

»Kommt da noch wat dazu? Wir haben gerade Handwaschbecken aus Porzellan im Anjebot.«

»Ich möchte wirklich nicht unhöflich sein, aber die Kombination aus Sanitär und Pizza ist mir nach wie vor suspekt. Deswegen möchte ich jetzt einfach nur eine Pizza Salami mit Salami, ohne Ananas in die Reuterstraße 51 und sonst nichts.«

»Wat meinen Se denn mit ›jetzt‹?«

»Wenn die Pizza in der nächsten halben Stunde hier wäre, fänd' ich das schon ganz gut.«

»Nee. Diese Woche is janz schlecht. Nächste Woche Mittwoch könnť ick jemanden schicken.«

»Nein! Nein! Nein! Ich habe ja *jetzt* Hunger. Deswegen sollen Sie die Pizza jetzt machen und direkt jemanden losschicken, der sie mir liefert.«

»Moment mal! Sagen Se mir nich, wie ick meen Job zu machen habe. Wenn dit sofort passieren soll, ist dit 'n Notdienst, und dit kostet 50 Prozent obendruff, dit wissen Se aber, oder?«

»50 Euro plus 50 Prozent? Jetzt soll die Pizza 75 Euro kosten?«

»Netto! Hab ick aber ooch schon zweemal jesagt. Da kommt noch die Märchensteuer druff. 19 Prozent. Runde ick aber immer uff 20 Prozent, weil sich dit leichter rechnen lässt. Also 90 Euro brutto sind's dann.«

»Das werde ich unter keinen Umständen bezahlen!«

»Sehr jut. Also keene Pizza Salami für Sie?«

»Warum finden Sie das denn jetzt gut, dass Sie einen potenziellen Kunden verlieren?«

»Weil ick militanter Vegetarier bin. Ick verkoofe keen Fleisch. Und durch unser Jespräch habe ick Se in Ihrer Tiervernichtungsplanung um 7 Minuten zurückjeworfen. Umjerechnet uff Ihre zu erwartende Lebensdauer, die bei Ihrem Fleischkonsum natürlich nich janz so hoch ist, habe ick gerade drei Schweinen dit Leben jerettet. Firma Hubertus, dit bedeutet auch Tierschutz.«

»Ich habe Hunger.«

»Wollen Se 'ne vegetarische Pizza?«

»Ja, gerne.«

»Leider liegt die Reuterstraße aber nicht in unserem Lieferjebiet.«

»Ich hasse Sie!«

Der Tod

Der 4. Januar 2069. Ein Freitag. Und mein Todestag. Im Januar sterben, das ist undankbar.

Im Sommer sterben, das hätte was. Wenn man immer im Herbst Geburtstag hatte, 82 Mal, dann freut man sich darauf, einmal im Leben, beziehungsweise danach, bei schönem Wetter im Mittelpunkt zu stehen. Nun hab ich noch 51 Jahre, um das irgendwie zu beeinflussen.

Seit ich mein Todesdatum weiß, habe ich mir vorgenommen, in Zukunft alles zu tun, um den Klimawandel zu beschleunigen. Nur so gibt es doch noch die Chance, dass die Gäste auf der Beerdigung sommerlich angezogen sein können. Allerdings muss ich mir da keine Illusionen machen: Als Einzelner hat man es schwer, das Klima zu verändern. Natürlich bin ich jetzt auf jeder Demo zu finden, die sich für den Braunkohlebergbau in Brandenburg starkmacht. Und damit tue ich nicht nur dem Anstieg des CO_2-Ausstoßes etwas Gutes, sondern auch den Bürgern vor Ort. Denn die für den Klimawandel so wunderbare Braunkohle ist leider genau dort, wo sich Menschen Häuser und Existenzen aufgebaut haben. Die müssen dann natürlich erst einmal umgesiedelt werden. Zwar muss man sein Grundstück aufgeben und seine Heimat verlassen. Aber das lohnt sich, denn dafür verringert sich die Fahrzeit nach Cottbus um fünf bis zehn Minuten. Und wer bitte möchte nicht schnell nach Cottbus?!

Ich fliege seitdem auch viel häufiger. Ich muss ja keine Angst mehr vor einem tödlichen Flugzeugabsturz haben. Im Prinzip fliege ich nun alles, was ich nicht laufen möchte. Mit der Lufthansa kann man zum Beispiel täglich die Strecke Nürnberg–München fliegen. Man spart gegenüber der Zugfahrt immerhin zwanzig Minuten Reisezeit. Wenn man aber einrechnet, dass man noch zum Flughafen hin, durch die Sicherheitskontrolle und vom Flughafen in die Stadt fahren muss, ergibt das im Gesamtpaket noch viel weniger Sinn. Wer noch ein bisschen mehr Zeit mitbringt, kann für den Aufpreis von nur einem Euro sogar über Düsseldorf fliegen. Und das mach ich jetzt häufiger. Weil Kerosin das subventionierte Doping für den Klimawandel ist.

Dadurch könnte es im Januar 2069 ein bisschen wärmer werden. Aktuell sind circa zwei Grad Celsius im Gespräch. Das reicht noch nicht für eine frühlingshafte Beerdigung mit Maiglöckchen und Kirschblüte, aber wenn da alle an einem Strang zögen, könnten die Leute vielleicht im Februar im T-Shirt auf den Friedhof kommen.

Deswegen bin ich auch Organspender. Nicht etwa, damit meine wunderbare Lunge irgendeinem Kettenraucher eingesetzt werden kann, denn das gönne ich ihm nicht, sondern damit ich nach dem 4. Januar Zeit gewinne.

Sonst ist die Beerdigung vermutlich zehn bis vierzehn Tage nach dem Tod. Und Trauerfeiern sind ja ohnehin schon immer emotional so negativ aufgeladen. Wenn dann noch ekliges Wetter dazukommt, kann ich schon verstehen, wenn da niemand zu meiner Beisetzung kommt. Würde ich im umgekehrten Fall ja auch nicht machen. Da würde ich auch abwägen, ob es dem Verstorbenen wirklich so wichtig wäre, dass ich die gemütliche Couch und den warmen Tee gegen Schneeregenhagelmatsch und eine bedrückende Stimmung eintausche.

Durch die Organspende muss aber erst einmal geschaut werden, ob meine Augen woanders gut reinpassen, ob das Herz noch was taugt oder die Leber zumindest auf dem Schwarzmarkt einen guten Preis erzielt. Und während Pathologen damit beschäftigt sind, meine Eingeweide zu verteilen, rückt der Februar näher und damit auch die Chance auf eine T-Shirt-Beerdigung.

Gibt es eigentlich für den Todestag auch so etwas wie ein Sternzeichen? Wer am 24. März geboren wurde, ist vom Sternzeichen Widder. Und dann heißt es: »Widder wollen immer mit dem Kopf durch die Wand. Für den Widder gibt es keine Hindernisse, sondern nur Herausforderungen.« Wer am 4. Januar stirbt, ist vom Todeszeichen Albert Camus. Der ist auch am 4. Januar gestorben. Oder Achim Mentzel. Todeszeichen Achim Mentzel: »Der Mentzel stirbt immer mit einem heiteren Liedchen auf den Lippen und einer Spreewaldgurke im Arm. Für den Mentzel gibt es im Grab kein Limit nach unten.«

Ich glaube, Achim Mentzel hatte ein schönes Leben. Aber beim Tod hat er wirklich nicht viel Glück gehabt. Er ist nicht nur am 4. Januar, sondern auch noch in Cottbus gestorben. Das wünscht man wirklich niemandem.

Und was ist, wenn sich herausstellt, dass diese Internetseite, auf der ich mein Todesdatum errechnet habe, komplett unseriös ist? Das ist bei dem Namen *todesuhr.net* zwar unwahrscheinlich, aber man weiß ja nie.

Und dann stimmt der 4. Januar 2069 am Ende gar nicht! Und ich fliege wie ein Bekloppter durch die Republik, um den Klimawandel zu beschleunigen. Von Nürnberg über Düsseldorf nach München. Von Stuttgart über Frankfurt nach Ulm. Von Berlin über Hamburg nach Dresden. Und dann stürzt das Ding genau über Cottbus ab. Ich habe viele Albträume, aber das ist der schlimmste. Einen Tod in Cottbus, den bekommt man ja auch nicht mehr aus der Vita! Auf Wikipedia steht dann für immer: »geboren in Berlin, gestorben in Cottbus.« Genauso wie bei Achim Mentzel.

Das ist eine Gefahr, die alle bedroht. Erst wenn der Braunkohlebergbau auch Cottbus verschlingt, kann dort niemand mehr sterben. Die vielleicht beste Eigenschaft von Braunkohle. Deswegen kann ich jedem nur empfehlen, sich für die Ausweitung des Braunkohlebergbaus einzusetzen. Denn das Schicksal, in Cottbus zu sterben, kann sonst jeden treffen.

Im Gespräch (Keller)

Kellerentrümpelung nach Wasserschaden. Der junge Mann von der Entrümpelungsfirma öffnet die komplett durchnässten und versifften Umzugskartons, um sie auszuräumen.

Mitleidig guckt er auf den Inhalt: »Oh nein! Die ganzen DVDs ...«

Er schaut genauer hin. »Ach nee. Sind Bücher. Noch mal Glück gehabt!«

Kitschige Bilder
vong Konfuzius her

Die Welt ist kompliziert geworden. Früher war alles so einfach. Beispiel: 18. Jahrhundert, Lessings »Nathan der Weise«, die Ringparabel. Darin ging es um die drei Weltreligionen Christentum, Judentum und Islam.

Wenn Lessing das gleiche Werk heute schreiben würde, müsste er sich erst einmal damit beschäftigen, welcher Glaubensrichtung sein Tempelritter genau angehört. Ist er römisch-katholisch, anglikanisch-katholisch, altkatholisch oder doch evangelisch? Wenn evangelisch, welche Richtung? Lutheraner, Baptist, reformiert, Bethlehemit oder vielleicht etwas aus der Pfingstbewegung? Die Gemeinde Gottes zum Beispiel oder die Gemeinde der Christen Eccleisa. Vielleicht ist er aber auch jugendlich-flippig geblieben und Mitglied der Jesus Freaks. Es gibt über 42.000 unterschiedliche christliche Konfessionen. Die kann man ja nicht alle undifferenziert-oberflächlich in einen Topf werfen. Wo kämen wir denn da hin?! Lessing müsste sich irgendwann entscheiden, beispielsweise dass der Tempelritter Teil der Evangelisch-Lutherischen Kirche Europäisches Russland ist, und sich direkt danach mit Sultan Saladin auseinandersetzen. Ist das jetzt ein Alevit, Schiit oder Sunnit? Wenn

Schiit, dann Druse oder Babisme? Wenn Sunnit, dann Salafist, Malikit, Hanbalit oder vielleicht Wahhabit?

Da hätte Lessing erst einmal ein bisschen prokrastiniert, das Open-Office-Dokument geschlossen und sich stattdessen lieber bei Facebook kitschige Bilder mit bedeutungsschwangeren Sprüchen angeguckt:

»Die besten Dinge im Leben sind nicht die, die man für Geld bekommt.« (Albert Einstein)

Das scheint die Antwort auf Überforderung in unserer Gesellschaft zu sein: sich besser fühlen, weil man ein kluges Zitat auf einem Sonnenuntergangsbild liest:

»Wer einen Fehler begangen hat und ihn nicht korrigiert, begeht einen weiteren Fehler.« (Konfuzius)

Man fühlt sich so belesen, wenn man solche Zeilen sieht. Aber auch gleichzeitig entspannt und inspiriert:

»Lauf deinem Traum nicht hinterher. Lauf ihm entgegen.« (*Frei.Wild*)

Hmm, na ja.

»Wer sich von mitmenschlichen Verpflichtungen löst, macht sein Leben nicht frei, sondern arm und einsam.« (CDU-Grundsatzprogramm, Seite 7)

Danke, Merkel!

Schreckliche Sprüche hat es selbstverständlich auch schon gegeben, bevor man sie auf hässliche Bilder geschrieben hat.

»Der Erfolg gibt ihm recht.«

Trump ist US-Präsident geworden. Der Erfolg gibt ihm recht.

Mswati III. ist seit über 30 Jahren absolutistischer Herrscher von Swasiland. Der letzte absolutistische Herrscher in ganz Afrika. Der Erfolg gibt ihm recht.

In meine Wohnung wurde eingebrochen. Der Einbrecher hat alle meine Wertgegenstände entwenden können und keine Spuren hinterlassen. Der Erfolg gibt ihm recht.

Oder was einem die eigenen Eltern mitgegeben haben: »Die Schulzeit ist die schönste Zeit im Leben.«

Was sind das für Menschen, die ihre Kinder mit der Gewissheit in die Welt entlassen, dass das Beste im Leben mit 18 oder 19 Jahren vorbei ist? »Bis zum Abitur wirst du ein tolles Leben haben, mein Kind. Und danach wird es immer schlimmer!«

Das ist so, als würde man sagen: »Schau dir unbedingt diesen neuen Film im Kino an. Der ist mittelmäßig bis sehr schlecht. Aber der Vorspann, der ist klasse!«

Und für die meisten war die Schulzeit doch noch nicht einmal eine wirklich schöne Zeit. Man ist elend früh aufgestanden, musste Französischvokabeln auswendig lernen und hat ständig seinen Turnbeutel vergessen. Was für ein geiles Leben auf der Überholspur. Und wenn man an einem Montag die Ergebnisse seiner Mathehausaufgaben vor der ganzen Klasse präsentieren durfte, hat man wirklich gedacht: »Wow! Ich habe ein überdimensional großes Geodreieck in der Hand und versuche, mit staubiger Kreide eine Hypotenuse an die Tafel zu malen. Was – bitte schön – soll mir dieses Leben noch geben?«

Eine Zeit, in der man sich alle zwei Monate neu unglücklich verliebte und sich im Alter von 14 Jahren langsam darauf einstellte, irgendwann alleine zu sterben.

Wer solche Erinnerungen mit der Schulzeit verbindet

und dann gesagt bekommt: »Die Schulzeit ist die schönste Zeit im Leben«, der hängt doch keine drei Stunden später an einem Baum.

Aber wenn der Satz auf einem sepiafarbenen Bild steht, auf dem ein Kind mit Schultüte und Zahnlücke zu sehen ist, dann ist es plötzlich das Klügste und Tiefsinnigste, was je ein Menschengehirn gedacht hat. Hektisch wird nach einer passenden Körperstelle gesucht, auf die man sich diese Weisheit tätowieren lassen kann.

Vielleicht auf den Rücken. Tattoos auf Rücken sind immer eine tolle Idee. »Mein Körper ist mein Tempel, und ich möchte ihn elegant verzieren lassen, aber bitte dort, wo ich es selbst nicht sehen kann. Nur andere Gäste im Freibad sollen vergnüglich auf meinen Rücken gucken können und denken: Was für ein schöner Engel, der mit brennenden Totenköpfen jongliert. Und auf seiner Wirbelsäule steht ›Der Erfolg gibt ihm recht‹.«

Kurz glaubt man, Adorno wäre von den Toten auferstanden und Ehrenmitglied bei den *Hell's Angels* geworden.

Lessing hätte das anstrengende Schreiben an »Nathan der Weise« aufgegeben, wo es doch offenbar viel leichter wäre, Menschen zu erreichen, wenn er willkürliche Zitate früherer Werke auf kitschigen Bildern wiederverwerten würde. Wozu eine Ringparabel entwerfen, wenn man auch einfach ein Schwarz-Weiß-Bild von einem feuchten Auge ins Internet stellen kann und darüberschreibt: »Perlen bedeuten Tränen« (aus »Emilia Galotti«).

Völlig egal, ob Lessing, Einstein, Konfuzius, CDU oder die eigene Mutter. Scheinbar kluge Aphorismen begleiten uns tagein, tagaus. Dabei braucht es eigentlich nur diese eine Lebensweisheit:

»Hört immer auf euer Herz, denn genau dann macht ihr das Richtige« (Facebookeintrag von Pietro Lombardi).

Eine kritische Annäherung an das Liedgut »Das rote Pferd« von Markus Becker

Da hat das rote Pferd sich einfach umgekehrt
und hat mit seinem Schwanz die Fliege abgewehrt.
Die Fliege war nicht dumm,
sie machte summ, summ, summ
und flog mit viel Gebrumm
ums rote Pferd herum.

Der am 17. März 1971 in Rheinland-Pfalz geborene Markus Becker landete mit seinem SPD-kritischen Werk »Das rote Pferd« im Jahr 2007 einen über die deutschen Landesgrenzen hinaus bekannten musikalischen Erfolg. Besonders in der spanischen Kulturmetropole Palma de Mallorca erfreute sich Beckers politisches Statement großer Beliebtheit und gilt als Grundstein dafür, dass der gelernte Einzelhandelskaufmann noch heute mit seinen Abhandlungen »Die schönste Frau der Welt« oder »Are you ready for confetti« die großen Bühnen zwischen Balearen und Balkan bespielt.

Dass »Das rote Pferd« von Musikliebhabern und Kulturkritikern gleichermaßen geliebt und bewundert wird, ist kein Zufall. Becker hat sich zwei Jahre lang Gedanken über dieses Werk gemacht und dabei ebenso viele Ideen gesammelt wie verworfen. Letztlich war es nach eigener Aussage ein großer Zufall, der ihn auf das musikalische Fundament von »Das rote Pferd« brachte. Beim Aussortieren alter Schallplatten im Keller seines Elternhauses sei ihm die französische Chanson-Sängern Édith Piaf in die Hände gefallen. Genauer: ihr 1959 erschienener Titel »Milord«, der als eines ihrer bekanntesten Lieder gilt. Die eingängigen Akkorde waren für Becker nicht nur Mittel zum Zweck. Zwar gibt es kritische Stimmen, die ihm vorwerfen, die Melodie lediglich genutzt zu haben, um einen sogenannten »Ohrwurm« zu erzeugen, doch tritt der Künstler diesen Anschuldigungen entschieden entgegen: »Ich habe Édith Piaf schon immer als großartige Musikerin verehrt und erinnere mich gerne daran, wie ich eines ihrer letzten Konzerte live in Paris miterleben durfte.« Piaf-Biograf Eric Dubois widerspricht dieser Darstellung und weist darauf hin, dass die Französin 1963, also acht Jahre vor Beckers Geburt, verstorben ist. Die Wahrheit liegt vermutlich, wie so oft, irgendwo in der Mitte.

Als sicher gilt unter Historikern und Kulturforschern jedoch, dass »Das rote Pferd« durch den musikalischen Aspekt allein nicht zu dem Meilenstein geworden wäre, der er heute ist. Entscheidend war das Zusammenspiel zwischen Édith Piafs Melodie und dem Text, bei dem sich Becker ein kleines Zitat bei Kurt Tucholsky entliehen hat. Der gesellschaftskritische Satiriker veröffentlichte 1931 die Erzählung »Schloß Gripsholm. Eine Sommergeschichte«, in der am Ende des zweiten Kapitels Lydia, die Freundin des Erzählers, singt:

»Da hat das kleine Pferd sich plötzlich umgekehrt und hat mit seinem Stert die Fliegen ab-ge-wehrt —«

Für Becker, der seit 2005 unter dem Eindruck der Großen Koalition von Union und SPD stand, war das von Tucholsky entworfene Bild des genervten, sich plötzlich umdrehenden Pferdes eine anschauliche Analogie zu den Entwicklungen der sozialdemokratischen Partei. Deswegen hat er das Pferd in seinem Werk rot eingefärbt.

Während bei Tucholsky der Eindruck entsteht, dass das Huftier durch das Umdrehen und den Einsatz seines »Sterts« die Entfernung der lästigen Fliege herbeiführen konnte, denkt Feingeist Markus Becker weiter und kommt zu dem Schluss, dass die Fliege sich durch das bloße Wegdrehen und Schweifwedeln nicht vertreiben lässt. Deswegen fliegt das Insekt bei Becker einfach um das rote Pferd herum. So bleibt die Problemstellung unverändert. Das Prozedere wiederholt sich in den knapp drei Minuten des Liedes vier Mal, und am Ende bleibt der Rezipient mit dem unguten Gefühl zurück, dass das rote Pferd sich noch immer um sich selbst dreht und die Fliege nach wie vor zugegen ist.

Besonders die Zeitlosigkeit des Sujets, dem sich Becker damals angenommen hat, begeistert die Experten. Die Fliege stand bei der Veröffentlichung des Titels im Jahr 2007 metaphorisch für die Unionsparteien, denen sich die SPD als Juniorpartner in der Großen Koalition unterordnen musste und die sich dabei lieber wegdrehte, anstatt offensiv und wirksam zu kämpfen, wenn eigene Ideale und Überzeugungen verraten wurden. Die Aktualität ist allgegenwärtig. Noch heute dreht sich die SPD im Kreis und kann die Fliege nicht loswerden.

Dennis K. aus Meckenheim in der Eifel besucht mit seinen Freunden einmal im Jahr die Ferieninsel Mallorca. Auch er ist Bewunderer von Markus Becker und betont, wie sehr ihn »Das rote Pferd« beeinflusst hat. Der Ballermann ist seit drei Jahren Pflichtprogramm für den Klempnerlehrling, der ein ganzes Jahr sparen muss, um sich die sieben Tage Kulturprogramm leisten zu können. Doch das ist es dem 19-Jährigen wert.

Keine Ausstellung, keine Galerie und kein Museum hätten ihn so beeindruckt wie das Gesamtwerk von Markus Becker, der unter anderem mit »Hörst du die Regenwürmer husten« und »Wenn im Dorf die Bratkartoffeln blüh'n« zwar weitere hoch relevante Diskurse veröffentlichte, damit jedoch die breite Masse nicht mehr erreichte. Für Dennis K. liegen die Gründe dafür auf der Hand. Wer Becker verstehen möchte, muss Becker live sehen, sagt er. Das ist fast nur auf Mallorca oder am Goldstrand in Bulgarien möglich. In Deutschland tritt der Mann, dessen Markenzeichen ein roter Hut ist, nur selten auf. Das Genie Markus Becker wird hierzulande verkannt, seine Expertise ist hier nicht gefragt.

Dabei wäre »Das rote Pferd« gerade in diesen Zeiten eine Bereicherung. Während die Alternative für Deutschland die Schraube des Rechtspopulismus gewaltig festzieht, dreht sich das rote Pferd weiterhin nur um sich selbst und wirkt zunehmend verzweifelter. Für den gebürtigen Pfälzer Becker ein Armutszeugnis. Doch er möchte nicht aufgeben. Seit fast zehn Jahren steht er auf den Bühnen Europas und versucht, das Dilemma des roten Pferdes zu lösen. Becker wünscht sich die schönen Zeiten zurück, in denen das Pferd noch auf einem Grundstück mit einem Äffchen und Pippi Langstrumpf lebte. Später stand es bei *Klaus & Klaus* im Flur, und niemand wusste, wie es dahingekommen war. Doch erst seit die Fliege da ist, befindet es sich in einem autistischen Dämmerzustand, in dem es sich unentwegt um sich selbst dreht. Es scheint, dass das Pferd erst die Fliege loswerden muss, ehe es befreit den eigenen Weg fortsetzen kann. Doch wie? Darüber grübelt Markus Becker seit Jahren und glaubt, eine Lösung gefunden zu haben: »Die Fliege wird erst verschwinden, wenn sich das Pferd nachdrücklich wegbewegt«, so Becker. »Vielleicht sollte es einen Schritt nach links wagen, sich in Gang setzen und sich so von der Fliege distanzieren.«

Markus Becker, der Vordenker und Revolutionär. Ein Schritt nach links. Manchmal kann es so einfach sein.

Weihnachtszeit

1. Advent:

Ich wusste gar nicht, dass 1. Advent ist. Klar, es ist Sonntag, und damit stehen die Chancen 4 zu 52, dass es ein Adventssonntag ist. Aber 4 zu 52 bedeutet nichts anderes als 1 zu 13. Da finde ich es durchaus legitim, erst einmal davon auszugehen, dass nicht Advent ist. Wenn mir jemand sagt, dass meine Chancen bei 1 zu 13 stehen, dass ich den nächsten Sommer noch erlebe, würde ich mir jedenfalls keine neue Badehose mehr kaufen.

Für mich ist die Adventszeit immer ein Schlag ins Gesicht. Ich habe Mitte November Geburtstag. Das bedeutet, dass es an diesem einen Tag, völlig zu Recht, ein großes Hurra anlässlich meiner Geburt gibt. Aber zwei Wochen später flippen dann alle aus, stellen einen Kranz mit vier Kerzen auf und freuen sich 24 Tage lang mit einem Adventskalender auf den Geburtstag eines Mannes, den sie gar nicht kennen. Erlöser dies das. Ich habe am 16. November Geburtstag und möchte, dass zumindest meine Familie und meine Freunde ab dem 23. Oktober diesem freudigen Ereignis entgegenfiebern. Und bis es so weit ist, werde ich der gesamten Vorweihnachtszeit mit Ablehnung gegenübertreten.

Ich merke es auch erst, dass Advent ist, wenn ich bei meiner Mutter zum Essen eingeladen bin und die Spaghetti Bolognese nach Zimt schmeckt. Das ist so ihr Ding. Zur Weihnachtszeit fügt sie jedem Gericht einfach Zimt hinzu. Spaghetti Bolognese mit Zimt, Kartoffelgratin mit Zimt, Fischforelle mit Zimt und zum Nachtisch Apfelstrudel – ohne Zimt, weil der dann natürlich alle ist.

2. *Advent:*

Der Geist der Weihnacht hat mich voll erfasst. Ich stehe auf einem Weihnachtsmarkt und probiere mich durch die verschiedenen Glühweinsorten. Jesus Christus wäre stolz auf mich. Die historische Überlieferung in der Bibel ist ja eindeutig: Damals haben sich anlässlich der Geburt des Heilands vor dem Stall einige Budenbetreiber versammelt, Nippes aus Filz und Holz verkauft und gebrannte Mandeln gegessen. Als Josef hinausgetreten ist, um die Geburt »seines« Sohnes zu verkünden, hat die Musik-AG der Grundschule Bethlehem mit Blockflöten und Triangel gezeigt, was sie in den letzten acht Wochen gelernt hatte.

Weiter hinten stand ein Karussell, auf dem gelangweilte Kinder für fünf Schekel ihre Runden auf Ochsen und Eseln aus Holz drehen mussten, weil Mama und Papa entdeckt hatten, dass man Glühwein auch mit Schuss bekommen kann. Ich begrüße sehr, dass sich diese besinnliche Tradition bis ins 21. Jahrhundert gerettet hat.

3. *Advent:*

Kennen Sie das? Im Radio läuft »Last Christmas«, und Sie denken sich: »Schön! Schönes Lied! Höre ich viel zu selten.

Ich freue mich immer, wenn es läuft.« Natürlich kennen Sie das nicht. Man schneidet sich ja auch nicht in den Finger und denkt sich dann: »Schön! Schön, dass ich endlich mal wieder blute.«

»Last Christmas« ist der Mario Barth unter den Weihnachtsliedern. Man kann es nicht mehr hören, aber man kommt ja doch nicht drum rum, und eine anonyme, unheimlich große Masse von Leuten findet es auch noch gut. Genauso wie Jahresrückblicke. Fernsehsendungen für Menschen, die sich einfach noch mal die geilsten Rosinen aus der großen Tüte des vergangenen Jahres herauspicken wollen. Noch einmal um die toten Prominenten trauern, von denen man aber auch bis zur Todesnachricht schon lange nichts mehr gehört hatte. Noch einmal die wunderbarsten Naturkatastrophen und Terroranschläge Revue passieren lassen. Im Studio erzählt ein entstelltes Opfer, wie genau es das empfunden hat, als das Krokodil ihr ins Gesicht gebissen und dabei die rechte Gesichtshälfte abgerissen hat. Und durch die Sendung führen Günther Jauch oder Markus Lanz. So ein richtig gemütlicher Samstagabend halt. »Schön! Schön, dass man sich dieses tolle Jahr noch mal gemütlich auf der Couch ansehen kann.«

4. Advent:

Verkaufsoffener Sonntag. Ich glaube, der fünfte in den letzten vier Wochen. Ich muss Eier kaufen. Und ich brauche ein Weihnachtsgeschenk für meine Mutter. Im Netto finde ich beides. Mutter bekommt in diesem Jahr eine Konservendose Erbsensuppe für ihren Atomschutzbunker. Mindestens haltbar bis 2034. Ich ahne, dass sie sich an Heiligabend noch nicht so richtig wird drüber freuen können. Aber es wird der Tag kommen, an dem sie in ihrem Bunker sitzt, Suppe löffelt und an mich denkt. Zu Hause rufe ich meine Brüder an und sage ihnen, dass sie unserer Mutter in diesem Jahr einen Atomschutzbunker schenken müssen. Sonst sieht das mit der Erbsensuppe merkwürdig aus.

Heiligabend:
Ich helfe beim Schmücken des Weihnachtsbaums. Wie allseits bekannt, war früher mehr Lametta. Viel mehr, es ist immer weniger geworden. Heute gibt es gar keins mehr. Irgendwas mit Umwelt und blauer Planet, na ja, auf jeden Fall schneide ich Alufolie in kleine Streifen und bewerfe den Baum damit. Meine Mutter reicht Glühbier. Mit Zimt. Zu essen gibt es Zimtschnecken. Also Schnecken mit Zimt. Damit wurden Grenzen überschritten. Alle finden es eklig.

Bescherung. Meine Mutter hat mir ein Bild gemalt. Mit Paint. Sie sagt, sie habe früher auch immer selbst gemalte Bilder von mir bekommen und so getan, als ob die schön wären, da wäre es ja wohl nicht zu viel verlangt, wenn ich mich jetzt auch mal über so einen Mist freue. Und irgendwie hat sie damit recht.

Meine Brüder schenken ihr irgend so ein teures Parfum und ich halt die Erbsensuppe. Aber man soll die Qualität von Geschenken ja nicht gegeneinander aufwiegen, sage ich, damit wird man der Sache nicht gerecht. Und weil meine Mutter Muttersein sehr gut kann, freut sie sich über beide Geschenke gleichermaßen, obwohl ich, wenn man es ganz streng sieht, vielleicht das ein bisschen schlechtere Geschenk hatte. Na ja, Weihnachten ist halt ein Fest der Familie, der Nächstenliebe und auch der Vergebung. Und ich habe schließlich auch vergeben, dass es in diesem Jahr ab dem 23. Oktober erneut keinen Adventskalender zu meinen Ehren gab. Quit pro quo. Frohe Weihnachten!

Silvester

Wenn man die Frage gestellt bekommt: »Weißt du eigentlich schon, was du dieses Jahr an Silvester machst?«, weiß man, dass der Sommer vor der Tür steht. Doch wirklich genießen wird man ihn nicht können, weil man von nun an das diesjährige Silvesterfeiern vorbereiten muss.

Nichts planen 18- bis 35-Jährige in Deutschland akribischer als den letzten Tag des Jahres. Und zu keinem anderen Anlass werden schwammigere Zu- oder Absagen getroffen. Am Ende gibt es aber drei unterschiedliche Silvestertypen.

Typ 1: Die Rakete
Die Rakete zeichnet sich dadurch aus, dass sie an Silvester möglichst steilgehen und am Ende von allen gesehen worden sein muss. Für das Party-Hopping bedarf es präziser Vorbereitung. In welcher WG wird angeglüht? Wie lange kann man dort bleiben, ehe man weiterzieht? Zwei oder drei Gin-Tonics lang? Und lohnt es sich, auch noch zu dieser anderen WG zu fahren, die eigentlich ein bisschen lahm ist, die aber in der Facebook-Veranstaltung angekündigt hat, dass es einen Mettigel geben wird? Auf jeden Fall muss die Rakete rechtzeitig bei der dritten Party ankommen, bei der man um

Mitternacht auf dem Dach stehen und über die Stadt gucken kann. Meist kann man zwar eh nichts sehen, weil Nebel und Rauchschwaden der Feuerwerkskörper in der Luft hängen. Doch für die eigene Party-Vita ist ein Silvesteraufenthalt auf dem Dach eines Haus in einer Großstadt unabdingbar. Danach geht es noch in einen Club, in dem man auf drei bis sechs Floors zu allen Musikrichtungen tanzen kann. Die Karte hat im Vorverkauf 40 Euro gekostet, Begrüßungssekt inklusive. Wenn der Kater noch bis zu den Heiligen Drei Königen reicht, weiß die Rakete, dass Silvester gut gewesen war.

Typ 2: Der Bleigießlöffel

Der Bleigießlöffel kann sich an Silvester nichts Schlimmeres vorstellen, als das Haus zu verlassen. Höchstens um rechtzeitig in eine abgeschiedene Hütte in Brandenburg zu fliehen. Aber das hätte man früher planen müssen.

Deswegen lädt er zu Silvester frustrierte Singles und glückliche Paare zu sich nach Hause ein, um einen ganz gemütlichen Abend zu verbringen. Es wird Raclette gemacht und dabei darüber geredet, wie lecker die mitgebrachten Salate sind.

Nach dem Essen wird Bleigießen gespielt. Natürlich meint man das nicht so richtig ernst, aber es ist doch witzig, das zu machen und zu gucken, was bei rauskommt. Wie jedes Jahr sehen alle Bleifiguren nach Klumpen aus. Allerdings steht »Klumpen« nicht auf der Rückseite des Bleigießsets und kann somit nicht gedeutet werden.

Ein Paar hat auch noch »Tabu« mitgebracht, das sogleich ratzefatz durchgespielt wird. Es wird viel gekichert und Wein getrunken.

Kopfschüttelnd wird noch kurz in die Übertragung von der Silvesterfeier am Brandenburger Tor geschaltet. Gerade wird ein Typ interviewt, der erzählt, dass er zum ersten Mal in Berlin ist, wie aufregend das alles ist und dass er sich am meisten auf die *Hermes House Band* freut. Man ist sich in der Runde einig, alles richtig gemacht zu haben, indem man einfach zu Hause geblieben ist.

Typ 3: Der Böller

Der Böller ist in erster Linie kaputt. Er fährt gemeinsam mit seinen beiden besten Freundinnen, »die Jessica« und »die Doris«, in einem Opel Astra, Baujahr 1998, von Dessau nach Berlin. Die Artikel vor den Namen stehen nicht im Ausweis, werden aber immer mitgesprochen.

Abfahrt ist morgens um 6:30 Uhr, damit man den gesamten Tag in der Hauptstadt nutzen kann. Die Aufgaben wurden im Vorfeld klar verteilt: Der Böller kümmert sich um das Auto, die Jessica um das Hotel und die Doris um das Unterhaltungsprogramm in Berlin. Ein Dreibettzimmer in einer Einsterneabsteige nahe dem Bahnhof Ostkreuz genügt, denn ob sie das Hotelzimmer überhaupt noch einmal betreten, ist fraglich.

Zuerst hat die Doris einen echten Geheimtipp touristischer Aktivitäten entdeckt: den Checkpoint Charlie. Und wenn man schon mal da ist, kann man die Gelegenheit auch gleich nutzen, um originelle Fotos mit den ulkig verkleideten Soldaten am ehemaligen Grenzübergang zu schießen.

Zweiter Programmpunkt: essen gehen in einem authentischen asiatischen Restaurant. Die Wahl fällt auf den *Asia Pavillon* in den Potsdamer Platz Arkaden. Da hat die Doris ein echtes kulinarisches Schätzchen ausgebuddelt. Die Reisegruppe ist begeistert.

Um 16 Uhr geht es dann schon auf die Silvestermeile am Brandenburger Tor. Früh da sein, gute Plätze sichern und sich mit den Leuten anfreunden, die um einen herum stehen. Es wird abwechselnd Glühwein und Sekt geholt. Später bittet eine Fernsehreporterin um ein Interview, in dem die drei ihre aufregende Geschichte erzählen. Dass sie das erste Mal in Berlin und extra aus Dessau angereist sind. Am meisten freuen sie sich auf die *Hermes House Band*. Die Reporterin betont in der Abmoderation für den Beitrag, dass zwar eisige Temperaturen herrschen, die Stimmung auf Deutschlands größter Silvesterparty aber trotzdem ausgelassen und fröhlich ist.

Nachdem *Rednex* der Menge eingeheizt hat, durfte sich das Publikum vor dem Brandenburger Tor auf einen der seltenen Auftritte von *DJ Ötzi* freuen. Gegen 23 Uhr stellt sich heraus, dass es ein Missverständnis gab. Nicht die Coverband *Hermes House Band* wurde für den Abend gebucht, sondern die *Hermes House Band Coverband*. Eine Coverband, die Coversongs einer Coverband covert. Zum Glück merkt niemand den Unterschied. Die drei Dessauer feiern »I Will Survive« als den besten Song, der je geschrieben wurde. Den Countdown um kurz vor Mitternacht schmettern sie voller Inbrunst mit Hunderttausenden anderen Kehlen. Um o Uhr liegen sich alle in den Armen. Egal ob man sich kennt oder nicht. Von dem opulenten Feuerwerk kann man inmitten dieser Menschenmasse nicht so viel sehen. Aber egal. Schöner und einmaliger hätte Silvester nicht sein können.

Alle drei Typen wissen schon am Neujahrstag, dass sie Silvester in diesem Jahr am liebsten genauso verbringen wollen. Vielleicht noch mal ein bisschen steigern. Die Rakete wird versuchen, vom 23. Dezember bis zum 2. Januar durchzumachen, der Bleigießlöffel reserviert im Internet direkt ein kleines, abgeschiedenes Ferienhäuschen in der Lausitz, und der Böller schreibt eine E-Mail an die *Hermes House Band* und fragt, ob sie bei der nächsten Silvesterparty auch wieder am Brandenburger Tor sein werden. Guten Rutsch ins neue Jahr!

Eine Chronologie

Montag, 3. Juli 2017, 18:23 Uhr. Eilmeldung auf *Spiegel Online*. Laut Medienberichten sind möglicherweise in der Fußgängerzone von Nürnberg Schüsse gefallen. Die Polizei ist vor Ort.

18:40 Uhr. Die Polizei hat das Gebiet weiträumig abgeriegelt. Die Lage ist noch unübersichtlich. Der bayerische Innenminister Joachim Herrmann twittert derweil, dass man die Ermittlungen noch abwarten müsse, ein islamistischer Hintergrund der Tat aber nicht ausgeschlossen werden könne.

18:59 Uhr. Der Polizeisprecher von Nürnberg tritt vor die Presse. Er sagt, dass er noch keine neuen Erkenntnisse hätte. Das wiederholt er ungefähr fünf Mal, mit immer anderen Worten:

»Das weiß ich noch nicht.«

»Das ist zu diesem Zeitpunkt noch nicht bekannt.«

»Dazu kann ich Ihnen jetzt noch nichts sagen.«

»Da müssen wir erst einmal abwarten.«

»Es wird noch dauern, bis wir Näheres dazu wissen.«

Auf Facebook wird der Mann für seine besonnene Art gefeiert.

19:21 Uhr. Erste Bilder vom Ort des Geschehens gelangen an die Öffentlichkeit. Im Bericht heißt es, dass sich dramatische Szenen abspielen. Man sieht, wie Polizei- und Krankenwagen durch die Stadt fahren oder hinter Absperrbändern stehen. Auf einer anderen Aufnahme ist zu sehen, wie Menschen von links nach rechts laufen, einige schneller, andere langsamer. Tohuwabohu in Nürnberg.

19:25 Uhr. Bundesinnenminister Thomas de Maizière soll sich auf dem Weg nach Nürnberg befinden. Als hätten die Nürnberger nicht schon genug Sorgen.

19:51 Uhr. Der Polizeisprecher von Nürnberg gibt bekannt, dass eventuell Schüsse in der Fußgängerzone gefallen sein sollen könnten. Augenzeugen berichten, dass ein, zwei oder fünf, vielleicht auch sieben bis neun Täter gegen 18 Uhr in einer Buchhandlung das Feuer eröffnet hätten. Zu den Tatwaffen könne er noch nichts Genaues sagen, aber ein Zeuge sei sich sicher, ein 7,92mm-Kaliber-Gewehr 88 der Firma Mauser gesehen zu haben, das die Soldaten des Osmanischen Reichs im Ersten Weltkrieg nutzten.

In der AfD-Parteizentrale gibt jemand »Osmanisches Reich« bei Google ein.

20:15 Uhr. Nachdem die *Tagesschau* 15 Minuten lang darüber berichtet hat, dass niemand genau weiß, was genau passiert sein könnte, sendet die ARD nun einen *Brennpunkt* zu den Geschehnissen in Nürnberg. Es werden Bilder gezeigt, wie Polizei- und Krankenwagen durch die Stadt fahren oder hinter Absperrbändern stehen. Auf einer anderen Aufnahme ist zu sehen, wie Menschen von links nach rechts laufen, einige schneller, andere langsamer. Der Polizeisprecher von Nürnberg gibt in einer Liveschalte bekannt, dass es derzeit keine Hinweise darauf gebe, dass der oder die Täter tot oder lebendig seien. Auch über mögliche Opfer sei noch nichts bekannt. Man müsse abwarten.

Auf Facebook wird der Mann für seine besonnene Art gefeiert.

20:18 Uhr. Die AfD tweetet: »Der Merkel-Faschismus ist schuld an den vielen Toten in Nürnberg. Grenzen endlisch schließen! #afdwählen«

Auch der Twitter-Account des regionalen Ablegers AfD Nürnberg wird aktiv: »Ostmanische Waffen! Dass komt dafon wen mann Mosleme die Grenze öffned #mitunswähredasnichtpassiert«

20:36 Uhr. Auf Facebook und Twitter gibt es die ersten Versuche, sich mit den Nürnbergern zu solidarisieren. Der Hashtag »Je suis Nürnberg« macht die Runde, wird aber schnell von »Ich bin Nürnberg« abgelöst. Der Versuch einiger Franken, »I bin vei Närmberch« zu etablieren, scheitert. Auch eine Rostbratwurst mit Trauerflor kann sich nicht als Solidaritätsmotiv in den sozialen Netzwerken durchsetzen.

21:11 Uhr. Der Twitter-Account der AfD Nürnberg wurde gelöscht. Die Bundes-AfD sagt, für den Post wäre ein Praktikant verantwortlich gewesen. Schon stellt sich die Frage, was für Menschen ein Praktikum bei der AfD Nürnberg machen und wie deren Bewerbung aussieht:

»Grüß Gott, mein Name ist Siegbert, ich bin 14 Jahre alt und muss nach den Sommerferien zwei Wochen lang ein Praktikum machen. Die AfD Nürnberg finde ich gut, weil mein Vater die CSU wählt und ich voll anti bin. Meine Stärken: atmen und bluten, meine Schwächen: alles andere.«

21:30 Uhr. In Paris wird der Eiffelturm in den deutschen Landesfarben Schwarz-Rot-Gold angestrahlt. Das gibt den Menschen in Nürnberg viel Kraft.

21:55 Uhr. Thomas de Maizière ist in Nürnberg eingetroffen. Das nimmt den Menschen in Nürnberg viel Kraft.

22:20 Uhr. Nachdem der ARD-*Brennpunkt* zu Ende gegangen ist, wird jetzt endlich in den Tagesthemen über die Geschehnisse in Nürnberg berichtet. Die Bilder vom Ort des Geschehens sind nach wie vor fesselnd: Blaulicht. Absperrungen. Menschen, die von links nach rechts laufen, einige schneller, andere langsamer. Thomas de Maizière guckt während der Liveschalte betroffen in die Kamera und sagt, dass dies ein ganz schwerer Tag für die Region und ganz Deutschland sei. Ob und wie viele Opfer es gebe, könne er zwar noch immer nicht sagen, aber er sei mit seinen Gedanken bei deren Familien und Angehörigen. Dann zählt er auf, worin er die Gründe für die Tat sieht:

1. Sehr wahrscheinlich der Islam,
2. mangelnde Videoüberwachung,

3. zu wenig Bundeswehrpräsenz im Inneren und
4. Killerspiele.

22:25 Uhr. Mit dem Hashtag #JesuisCharlie schmückt Til Schweiger sein Profilbild mit der türkischen Flagge. Eindeutig Honig im Kopf von Til Schweiger. Mario Barth postet ein Bild von sich mit Hitlergruß, schreibt aber dazu, dass er deswegen noch lange kein »Natzi« sei, sich die Welt aber nun mal verändere. 14.203 Facebook-Nutzern gefällt das, alle anderen sind irritiert.

23:01 Uhr. Aufatmen in Nürnberg. Endlich kommen gute Nachrichten aus der fränkischen Metropole: Thomas de Maizière ist soeben abgereist.

23:34 Uhr. Der Nürnberger Polizeisprecher gibt bekannt, dass er allmählich gerne Feierabend machen würde. Auch für ihn sei das ein langer und aufregender Tag gewesen, aber letztlich scheinen wir uns alle damit abfinden zu müssen, dass es leider gar keine Schüsse gegeben habe.

23:52 Uhr. Der bayerische Ministerpräsident erklärt in einer Pressekonferenz, dass es sich bei dem Vorfall in Nürnberg um einen Fehlalarm handelte, er die Arbeit der Polizei jedoch ausdrücklich loben möchte, weil so zu keiner Zeit Gefahr für die Bürgerinnen und Bürger bestanden hätte. Nun gehe es darum zu klären, wie es dazu kommen konnte, dass so viel passiert ist, obwohl gar nichts passiert ist, und da dürfe es auch keine Denkverbote geben, ein schärferes Asylrecht sei unumgänglich.

Dienstag, 4. Juli 2017, 9:16 Uhr. In Berlin stellt Bundeskanzlerin Merkel einen 9-Punkte-Plan vor, durch den Vorkommnisse wie in Nürnberg, aber auch alle anderen Verbrechen, unmöglich gemacht werden sollen. Wenn dieser erst einmal umgesetzt sein werde, gebe es keine Kriminalität mehr, und in Köln könnten Einhörner Honig aus dem Rhein trinken.

9:45 Uhr. Auf *Spiegel Online* ist ein Artikel erschienen, der sich mit der Frage beschäftigt, wie sensationsgeil Medien sind, und seinen Lesern die abstruse Berichterstattung über die Nichtvorkommnisse in Nürnberg vor Augen führt.

10:02 Uhr. Eilmeldung auf *Spiegel Online*: Laut Medienberichten soll eine Frau mit einem Messer bewaffnet im rheinland-pfälzischen Sommerloch bei Bad Kreuznach in einer Kneipe randaliert haben. Die Polizei ist vor Ort, Thomas de Maizière betroffen, und unter dem Hashtag »Ich bin Sommerloch« zeigen sich die Twitter- und Facebook-Nutzer bestürzt.

Gedanken vor dem Auftritt

Gehirn: »So, gleich bist du dran.«

Piet: »Jawoll!«

Gehirn: »Ich glaub, das Publikum ist gut drauf.«

Piet: »Sehr gut!«

Gehirn: »Versau es nicht wieder!«

Piet: »Was?«

Gehirn: »Gib dir mal Mühe!«

Piet: »Ich gebe mir immer Mühe.«

Gehirn: »Nee. Du stellst dich da hin und liest von einem Zettel ab.«

Piet: »Hä?«

Gehirn: »Lern doch mal was auswendig, und trage frei vor. Nachher kommt wieder der Dings, und der trägt frei vor. Das mögen die Leute. Da sehen die, dass sich jemand Mühe gegeben hat. Bei dir denken die immer, dass der Typ nach der vierten Klasse lesen und schreiben konnte und danach nicht mehr viel dazugekommen ist.«

Piet: »Joa, stimmt ja im Prinzip auch.«

Gehirn: »Ja nee, stimmt nicht. Du hast ja auch Abitur und so.«

Piet: »Berliner Abitur ..., das ist es jetzt nicht so ...«

Gehirn: »Damals warst du aber schon ziemlich stolz. Und
          deine Eltern auch. Und jetzt?!«

Piet: »Wie und jetzt?! Die sind immer noch stolz auf
          mich.«

Gehirn: »Das ist dieser Standardstolz, den die haben. Du
          glaubst doch nicht, dass deine Eltern genauso stolz
          auf dich sind wie beispielsweise die Eltern von Ed
          Sheeran auf ihren Sohn.«

Piet: »Ähh ...«

Gehirn: »14 Mal Silber, 85 Mal Gold, 499 Mal Platin, 6 Mal
          Diamant, insgesamt 100 Millionen verkaufte Plat-
          ten ...«

Piet: »Das kann man doch aber nicht miteinander ver-
          gleichen ...«

Gehirn: »Er hat sogar bei *Game of Thrones* mitgespielt.«

Piet: »Ja gut, aber der ist ja bestimmt auch schon Ende
          dreißig, Anfang vierzig oder so. Wer weiß, was ich
          in dem Alter alles erreicht haben werde ...«

Gehirn: »Der ist fünf Jahre jünger als du!«

Piet: »Oh.«

Gehirn: »Und der trägt seine Texte auch frei vor. Der steht
          nicht im Olympiastadion und liest seine Lieder
          vom Blatt ab.«

Piet: »Hör doch mal mit diesem freien Vortragen auf.
          Das ist nicht so wichtig.«

Gehirn: »Bei dir reimt sich auch nie was. Nachher kommt
          wieder der Dings, und bei dem reimt sich das al-
          les. Das mögen die Leute ... Das mögen die Leute,
          damals wie heute. So was zum Beispiel.«

Piet: »Ach komm, lass gut sein. Ich mach das, was ich immer mache, und das ist schon okay so.«

Gehirn: »Ja, aber dann wundere dich nicht, wenn hinterher wieder jemand zu dir kommt und fragt, was du eigentlich beruflich machst. Da hab ich echt keinen Bock mehr drauf. Immer dieses ›Und was machst du im richtigen Leben?‹ – ›Das ist mein richtiges Leben ...‹ – ›Und davon kann man leben?‹ – ›Ja, kommt drauf an, schon irgendwie.‹ ... Ich hab echt die Schnauze voll. Hättest du nach dem Abitur mal 'ne anständige Ausbildung gemacht.«

Piet: »Jetzt ist auch mal gut! Ich hab 'ne Ausb..., also ich hab studiert.«

Gehirn: »Bachelor of Arts. Wer das ›studieren‹ nennt, hält auch die Ergebniskarte vom Minigolf für eine olympische Medaille.«

Piet: »Die hab ich halt aufgehoben, weil ich in einem engen Duell gegen meine Freundin gewonnen habe. Daran ist nichts verkehrt.«

Gehirn: »Daran ist alles verkehrt. Allein auf die Idee zu kommen, Minigolf spielen zu gehen.«

Piet: »Das war *deine* Idee!«

Gehirn: »Du musst auch mal lernen, dich nicht nur von mir leiten zu lassen. Hör doch auch mal auf dein Bauchgefühl.«

Piet: »Oh nee ...«

Bauch: »Huhu!!! Da bin ich!«

Piet: »Mein Bauchgefühl hat meistens nicht so gute Ideen.«

Bauch: »Du solltest auswandern. Jetzt sofort ... nach Rumänien!«

Piet: »Siehste!«

Bauch: »Komm, lass uns Segway fahren! Jetzt sofort ... nach Rumänien.«

Piet: »Ich hab wegen meines Bauchgefühls *Fack ju Göhte* gesehen.«

Bauch: »Hihihi!«

Gehirn: »Weiß ich gar nicht mehr.«

Piet: »Ja, wir haben das verdrängt.«

Gehirn: »Ach so.«

Piet: »Neulich hab ich den Trailer für den dritten Teil gesehen.«

Gehirn: »Echt? Weiß ich gar nicht mehr.«

Piet: »Du vergisst auch einfach sehr viel. Ist mir schon häufiger aufgefallen.«

Gehirn: »Was? Nichts vergess ich.«

Piet: »Wann hat meine Mutter Geburtstag?«

Gehirn: »Irgendwann zwischen Mai und Oktober. Näheres entnimmst du bitte deinem Google-Kalender.«

Piet: »Nicht mal die Basics hast du drauf. Aber dann soll ich irgendwelche Texte auswendig lernen! Am besten noch gereimte. Sind wir doch mal ehrlich: Dafür bist du überhaupt nicht ausgelegt.«

Gehirn: »Woher auch. Berliner Abitur, Bachelor of Arts und nebenbei jede Menge unnützes Wissen.«

Piet: »Barbie hat die Maße 99-46-84 und wäre damit nicht lebensfähig, weil die Organe zu sehr gequetscht wären.«

Gehirn: »Das zum Beispiel könntest du mich endlich mal

vergessen lassen und dir dafür 'nen pfiffigen Reim
merken. Das mögen die Leute ...«

Piet: »... damals wie heute.«

Gehirn: »Na, wird doch!«

Piet: »So, ich muss jetzt auf die Bühne.«

Gehirn: »Und, wird gut? Was sagt dein Bauchgefühl?«

Bauch: »RUMÄNIEN!«

Piet: »Ich weiß auch nicht ... Dieses Bauchgefühl. Andere schwärmen ja so von ihrem. Meins ist irgendwie ... speziell.«

Gehirn: »Zum Glück hast du mich.«

Piet: »Ja, ich sag mal so: Wenn ich dich nicht hätte, hätte meine Mutter sehr viel Verständnis dafür, dass
ich nicht an ihren Geburtstag denke.«

Gehirn: »Wenn du mich nicht hättest, würdest du in Rumänien mit einem Segway zum Kino fahren und
Fack ju Göhte 3 gucken.«

Piet: »Hör auf, mir Angst zu machen, Ruhe jetzt! Ich
muss auf die Bühne und Texte von Zetteln able-
sen. Dafür brauch ich dich nicht.«

Mein Liebesbrief

Liebe Freundin,

Du sollst wissen, dass es lange her ist, dass ich meinen letzten Liebesbrief geschrieben habe.

Damals war ich noch in der Grundschule und sehr verknallt. Dass die Beziehung nicht für immer gehalten hat, lag aber nicht an mir, es lag an ihr: Sie hieß Julia Wojciechowski, ein polnischer Name, der so viel bedeutet wie »kaltherzige Hexe« und den kaum jemand korrekt aussprechen, geschweige denn schreiben konnte. Wojciechowski. Zwei Ws, zwei Cs, ein J und das alles in einer wilden Reihenfolge ... Aber gut, muss ja jeder selber wissen, wie kompliziert man heißen möchte. Ich heiße »Weber«, damit niemand vor größere Hürden beim Schreiben von Liebesbriefen gestellt wird. Allerdings hat sich das auch nicht ausgezahlt. Sogar der dämliche französische Austauschschüler Baptiste Laboucieux, der nur für drei Wochen in unserer Klasse war, hat in der Zeit mehr Zuschriften bekommen als ich in meiner gesamten Schulzeit. Dabei ist »Laboucieux« auch so ein elaborierter Name. Obwohl man es gar nicht hört, endet er mit einem X. Ein Buchstabe, der sonst nur in schmutzigen Wörtern wie »Fesselsex«, »Parkplatzsex« oder »sexsüchtig«

vorkommt. Vielleicht auch mal im Wort »Fuchs«, aber nur wenn man ein bisschen doof ist. Ansonsten hat das X ja keinen Zweck, außer auf alten Piratenkarten einen Schatz zu markieren.

Da ist der Name »Wojciechowski« schon irgendwie bodenständiger. Aber warum aus uns nicht die große Liebe geworden ist, lässt sich im Nachhinein nur schwierig beantworten. Vielleicht weil ich schon an ihrem Namen gescheitert bin und sie in dem Liebesbrief mit »Liebe Julia Voyager« angeschrieben habe. Vielleicht aber auch, weil Julia Wojciechowski vierzig Jahre älter und meine Klassenlehrerin war. Eine echte TILF. Das ist so was wie eine MILF, nur halt eine Teacher, mit der man gerne fantasiert.

Liebesbriefe schreiben ist wie Fahrrad fahren oder Schwimmen, man kann es nicht verlernen. Wenn man es allerdings nie richtig konnte, sieht es gerade im Erwachsenenalter unfassbar peinlich aus, wie Du vielleicht gerade merkst.

Ich habe mir viele Gedanken darüber gemacht, was Liebe eigentlich ist.

Ist es Liebe, mehrere Stunden damit zu verbringen, auf Netflix nach einem Film zu suchen, den man gemeinsam gucken kann, keinen zu finden und danach der ehrlichen Überzeugung zu sein, dass es trotzdem ein schöner Abend war?

Ist es Liebe, bei WhatsApp auf Herz- und Kuss-Emojis verzichten zu können und trotzdem zu wissen, dass man sich gegenseitig sehr gern hat?

Ist es Liebe, die Suche bei Netflix ein für alle Mal aufzugeben, gemeinsam *Tatort* zu gucken und trotzdem einen schönen Abend zu haben? Wahrscheinlich ja.

Für mich ist Liebe jedoch in erster Linie, sich nicht gegenseitig auf den Sack zu gehen. Andere Menschen können so unglaublich anstrengend und nervig sein. Es gibt wenige, mit denen ich viel Zeit unter vier Augen verbringen kann, ohne dass ich Mordfantasien bekomme. Doch Du gehörst zu diesen Menschen. Und das ist gut, weil das bedeutet, dass ich Dich nicht umbringen möchte. Wenn ich das täte, würde das ja faktisch das Aus unserer Beziehung bedeuten. Da muss man auch langfristig denken.

Einer, der sich wie kaum ein anderer mit Menschen auskennt, hat mal gesagt: »Wir beginnen das zu begehren, was wir jeden Tag sehen.« Doch da muss ich Hannibal Lecter ein bisschen widersprechen. Genauso diesem »Ohne Dich ist alles doof«-Schaf (»Ich doof, Sonne doof, Baum doof, Schokolade doof ...«). Auch da muss man einfach mal sagen, dass nicht alles stimmt, was auf Kuschelkissen gedruckt wird. Ohne Dich ist nicht alles doof. Ohne Dich ist sogar manchmal ganz gut, weil danach das mit Dir umso schöner ist. Insbesondere bei Schokolade muss ich sagen, dass das ohne Dich ziemlich geil ist, weil dann mehr für mich bleibt.

Liebe ist für mich übrigens auch, sich keine dümmlichen Kosenamen zu geben: Mausi, Hasi, Pupsi, ja, so kann man sich nennen. Man kann aber auch direkt sagen, dass man sein Gegenüber nicht ernst nimmt und lieber Schluss machen möchte.

Du hast mich neulich mal »Schatz« genannt. Ich glaube, aus Versehen, aber das ist okay. »Schatz« klingt ein bisschen verwegen, nach Abenteuer, nach Strand, Goldmünzen in einer Truhe und einem X auf einer Piratenkarte. Auf der anderen Seite wird »Schatz« so häufig als Kosename verwendet, da könnten wir uns auch gegenseitig »Peter Müller« und »Susanne Schmidt« nennen. Ich möchte Dich nicht »Susanne Schmidt« nennen. Und ich möchte von Dir auch nicht »Peter Müller« genannt werden. Aber vielleicht ist »Schatz« der Kompromiss, den wir eingehen müssen, wozu ich auch bereit bin.

Allerdings dürfen wir eine Grenze auf gar keinen Fall überschreiten. Niemals werden wir unsere Namen auf ein Vorhängeschloss schreiben und das dann an einer Brücke befestigen. Denn das ist traurige Liebessymbolik aus der Hölle: Unsere Beziehung ist eine Fessel, die traurig baumelnd vor sich hin rostet und irgendwann weggeflext werden muss. »Weggeflext« ist auch so ein Wort mit X. Immerhin nicht ganz so schmutzig. Wenn man es jedoch mit einem der Wörter von vorhin kombiniert, kommt dabei der »Fesselsexflexer« raus. Wie dirty ist das denn?! Das wäre mal ein Kosename, den Du mir geben könntest. »Duuu ...?! Kannst Du mir bitte noch einen Tee aus der Küche mitbringen, mein Fesselsexflexer?« Und ich könnte antworten: »Sehr gerne, Susanne Schmidt!«

Außerdem kann man daraus einen prima Zungenbrecher basteln, um auch Kinder für die Sache zu begeistern: »Der Fesselsexflexer flext sexy Fesseln. Sexy Fesseln flext der Fesselsexflexer.«

So sieht es also aus, wenn ich versuche, meinen Gefühlen Ausdruck zu verleihen. Ein Liebesbrief, in dem die Worte »MILF«, »Hannibal Lecter« und »Fesselsexflexer« vorkommen. Ich weiß nicht, was das über mich aussagt. Oder über uns. Ich habe nur versucht zu erklären, was Liebe für mich ist.

Liebe ist ..., sich nicht gegenseitig auf den Sack zu gehen.

Liebe ist ..., sich keine albernen Kosenamen zu geben.

Aber vor allem ist Liebe, Dir ein X auf die Stirn zu malen, um damit einen Schatz zu markieren.

Dank

»Ich sage nur ein Wort: ›Vielen Dank!‹«
(Horst Hrubesch)

Ich möchte mich an dieser Stelle in erster Linie bei den drei großen F in meinem Leben bedanken:

Zum einen bei meiner Familie: meiner Mutter, meinen Brüdern und zahlreichen anderen Menschen vom nord-rhein-westfälischen Beckum bis nach Berlin, die das, was ich so mache, wahrscheinlich mit viel mehr Argwohn verfolgen, als sie mich spüren lassen. Diese Form von Rücksichtnahme ist sehr wohltuend.

Dann natürlich bei meiner Freundin, der die ganzen X-Markierungen auf der Stirn hervorragend stehen und die in jeder Hinsicht eine wahnsinnig große Unterstützung ist.

Und bei meinen engsten Freunden, die seit zehn bis fünfundzwanzig Jahren Wegbegleiter, Inspiration und Rückhalt sind.

Außerdem zu guter Letzt bei den Leuten, die dieses Buch hier möglich gemacht haben. Ob durch ihre Mitarbeit beim Satyr Verlag, ihre Ratschläge oder einfach, weil sie in den vergangenen Jahren tolle Kolleg*innen waren, durch die dieses ganze Schreiben und Vorlesen so viel Spaß gemacht hat.

Vielen Dank an David, Fabian, Flori, Jan, Janina, Karsten, Lisa, Mama, Paul B., Paul W., Robert, Rolf, Sandra, Thibault, Tim und Volker.

Piet Weber
Berlin, Januar 2018

Audiolinks

 *Der Spieleabend*
http://satyr-verlag.de/audio/weber1.mp3

 *Berlin, das »J« steht für Freundlichkeit*
http://satyr-verlag.de/audio/weber2.mp3

 *Ich hasse das Internet*
http://satyr-verlag.de/audio/weber3.mp3

 *Brief an die Lehrerin*
http://satyr-verlag.de/audio/weber4.mp3

 *Das Reisetagebuch*
http://satyr-verlag.de/audio/weber5.mp3

 *Mein Liebesbrief*
http://satyr-verlag.de/audio/weber6.mp3